MÁIRE NIC ARTÁIN

Máire Nic Artáin

Séamus Ó Néill

Cló Iar-Chonnachta
Indreabhán
Conamara

An Chéad Chló 1959
Cló Mórainn
An Dara Cló 1995
An Tríú Cló 1998
An Ceathrú Cló 2004

ISBN 1874700 93 1

Dearadh Clúdaigh
Johan Hofsteenge

Dearadh
Foireann CIC

Faigheann Cló Iar-Chonnachta Teo. cabhair airgid ón **gComhairle Ealaíon**

Clóchur: Cló Iar-Chonnachta Teo., Indreabhán, Conamara.
Fón: 091-593307 Facs: 091-593362
Priontáil: Clódoirí Lurgan Teo., Indreabhán, Conamara.
Fón: 091-593251/593157

Clár

I dTír Na hÓige

Síos AN MHALA de ruathar leis na páistí mar a bheadh conairt sa tseilg ann. Thart an corradh sa bhealach mhór leo gur stad siad ag an droichead. Stadadh siad i gcónaí ag an droichead, ná chuireadh uisce na habhann draíocht orthu. Sa gheimhreadh ba bhreá leo a bheith ag breathnú na tuile buí craosaí a thigeadh anuas ó uachtar tíre. Ba bhreá leo sin, cé go gcuireadh an tuile a sáith eagla orthu, mar dúradh leo gur chart sí an droichead léi aon uair amháin. Agus sa samhradh d'fhanadh siad tamall ag iarraidh na bric a fheiceáil a bhíodh ag scinneadh suas agus anuas sna linnte dorcha fá scáth na gcrann saileoige a bhí ag fás fá na bruacha. Go minic sa samhradh fosta, bheireadh gasúr dána inteacht ina measc iarraidh an ráille iarainn a bhí ar an droichead a shiúl ó cheann go ceann. Ní raibh sé ródheacair sin a dhéanamh, mar bhí an ráille céanna leathan go leor, agus dá mothófá mearbhlán ag teacht i do cheann, b'fhurasta tuirlingt de léim ar urlár an droichid. Níor chuimhneach le haoinne gur thit gasúr ar bith den ráille isteach san abhainn agus níor thit – go dtí an lá seo. Seoirse Mac Giolla Rua a chuaigh in airde ar chleith an droichid ag brath an t-éacht a dhéanamh. D'éirigh leis maith go leor ar dtús, ach nuair a bhí sé leath bealaigh trasna dhearc sé tharna ghualainn go bhfeicfeadh sé an raibh Máire Nic Artáin ag coimhéad air, agus nuair a dhearc chuaigh a chosa i bhfostú ina chéile ar dhóigh inteacht, agus thit sé. Scanraíodh na páistí eile go mór nuair a chonaic siad ag titim é, ach ní raibh caill air. Ar shlat a dhroma a bhuail sé an t-uisce, ach ó tharla nach róthanaí a bhí an abhainn san áit, níor gortaíodh go holc é. D'éirigh sé ina sheasamh, agus bhain an bruach amach. Bhí sé ina líbín bháite ar ndóigh, agus bhí fuil lena leathghlúin an áit ar gránadh í in éadan stua an droichid. Nuair a bhailigh an scaitte páistí thart air, bhí sé ag smeacharnaigh caointe. Thoisigh cuid de na buachaillí móra a sheitgháire nuair a chonaic siad an chuma anásta a bhí air.

'Bígí 'bhur dtost, a bhaicle mhímhúinte,' arsa Máire Nic Artáin, agus d'fhiafraigh sí de an raibh sé gortaithe.

'Níl,' ar seisean, 'ach muirfidh m'athair mé, má tchí sé mar seo mé.'

'Ní thabharfaidh sé a dhath faoi deara,' ar sise, 'beidh tú tirim sula mbaineann tú an baile amach, ach is fearr duit deifir a dhéanamh sa dóigh is nach bhfaigheann tú slaghdán. Seo duit do mhála. Is maith an rud gur chaith tú díot é sula ndeachaigh tú in airde ar an ráille, nó bheadh do chuid leabhar millte.'

'D'fhéadfá teacht chun an bhaile liomsa,' arsa Pádraig Ó Broin, buachaill de chuid an tsráidbhaile, 'agus do thriomú féin os comhair na tine.'

'Bheinn rómhall ag dul 'na bhaile,' arsa Seoirse.

'Agus má théann tú síos chuig an sráidbhaile, is cinnte go ndéanfaidh duine inteacht scéala ort. Is fearr duit imeacht 'na bhaile anois,' arsa Máire. Ní raibh muinín aici as lucht an tsráidbhaile.

'Ba cheart dó na bróga a bhaint de, agus an t-uisce a dhoirteadh amach astu,' arsa Bríd Ní Chonghaile.

'Déanfaidh mé sin,' arsa Seoirse, agus shuigh sé ar an fhéar, bhain de na bróga, dhoirt an t-uisce amach astu, d'fháisc a chuid stocaí, agus chuir air arís iad.

'Rith leat anois,' arsa Máire leis, 'beidh Bríd anseo leat, caithfidh mise cuairt a thabhairt ar an siopa.'

'Rachaidh mé leatsa,' arsa Bríd, 'ní thiocfadh liom coinneáil suas leis.'

'Maith go leor,' arsa Máire, ach b'fhearr léi gan Bríd a bheith léi chuig an siopa, mar ba ag dul a cheannach milseán d'Eoin bheag a bhí sí, agus níor mhaith léi go mbeadh fiachadh uirthi a roinnt. Ní raibh aici ach pingin, agus ba le hEoin féin an phingin, ceann a fuair sé ó Anna Mhór an lá roimhe sin. Ach ní thiocfadh léi sin a rá, agus d'imigh an bheirt acu ag tarraingt ar an siopa a bhí ag ceann an tsráidbhaile, agus bhuail Seoirse bealach Lag na Coille, an áit a raibh cónaí air.

D'fhan Máire tamall fada ag amharc isteach i bhfuinneog an tsiopa. Ní raibh a fhios aici caidé an cineál milseán ab fhearr di a cheannach. Chan é go raibh rogha agus togha san fhuinneog. Ach bhí a trí nó a ceathair de chineálacha ann, agus buidéal lán de bhataí milse, agus cúpla buidéal líomanáide. Chonacthas di ar dtús gur cheart di ceann de na bataí milse a cheannach, agus nach dtiocfadh le Bríd a bheith ag súil go mbrisfeadh sí é ar mhaithe léi. Ansin dar léi go mbeadh sé suarach aici a leithéid de chleas a imirt uirthi, agus rinne sí suas a hintinn *Bull's Eyes* a cheannach. B'iad ab fhaide a mhairfeadh, agus d'fhéadfadh sí ceann amháin a thabhairt do Bhríd. Isteach sa siopa léi, agus Bríd sna sála aici. Ní raibh istigh rompu ach fear an tsiopa é féin i gcúl an chuntair, agus seanIsibéal na mbratóg. Bhí Isibéal ag caitheamh pinse snaoisín ná bhí sí go díreach i ndiaidh leathunsa de a cheannach.

'Sea,' arsa sise, nuair a fuair sí a hanáil léi, 'sé atá siad a rá liom go gcuirfidh siad stop leis na cúig scillinge, má gheibh muid *Home Rule*. Caidé do bharúilse, a Mhicheáil?'

'Níl barúil ar bith agam de sin,' arsa Micheál, agus thiontaigh sé chuig na girseachaí. 'Bhal, a chailíní breátha, caidé a ba mhaith libh inniu?'

'Tá luach pingine de *Bull's Eyes* de dhíth orm,' arsa Máire, agus a dhá shúil sáite i bhfear an tsiopa, mar chuireadh seanIsibéal na mbratóg eagla uirthi i gcónaí.

'*Bull's eyes*,' arsa fear an tsiopa. 'Gheobhaidh sibh iad fá chroí mhór mhaith, agus is agam atá an cineál is fearr in Éirinn. Bhéarfaidh ceann amháin tú as seo go Baile na hInse agus ar ais,' agus thiontaigh sé leis an bhuidéal a thógáil as an fhuinneog. Ba ansin a dhruid seanIsibéal níba chóngaraí do Mháire agus ar sise, 'Tusa, Máire Nic Artáin, agus nach tú atá ag éirí aníos i do chailín bhreá dhathúil, beannú ort, ach chan iontas ar bith sin. Bhí aithne mhaith agam ar do mháthair. Agus is de mhuintir Uí Chonghaile tusa,' ar sise le Bríd, 'ná habair liom gur ar scoil atá sibh go fóill, nár cheart go mbeadh achan rud foghlamtha agaibh i bhfad ó shin?'

Thug Máire coiscéim i leataobh uaithi. Mhothaigh sí boladh géar an tsnaoisín as gach ball dá cuid éadaigh, agus a hanáil bhréan ar a leiceann. Bhí áthas uirthi nuair a thiontaigh fear an tsiopa chucu arís.

'Maise bíonn go leor le foghlaim ag an aos óg ar na saolta deireanacha seo . . . nach mbíonn, a Mháire?' ar seisean, agus é ag ligean do na milseáin titim as cúl a dhoirn isteach i mála beag páipéir, ceann i ndiaidh an chinn eile.

'Bíonn,' arsa Máire go híseal, agus d'fhág sí an phingin ar an chuntar, agus thóg na milseáin.

'Bíodh geall go dtiocfadh leis na cailíní seo a inse duit cén áit a bhfuil Penang, Dindings, Malacca agus Singapore,' arsa fear an tsiopa, agus é bródúil as a chuid eolais féin.

'Is beag an mhaith a dhéanfas sin dóibh, nuair a bheas dreibhlín páistí á thógáil acu,' arsa seanIsibéal, agus chaith sí pinse snaoisín.

Bhí áthas ar na girseachaí imeacht. Nuair a bhí siad taobh amuigh, thóg Máire milseán amach as an mhála agus thug don chailín eile é.

'Is le hEoin iad seo,' arsa sise. Chuir Bríd an milseán

isteach ina béal, agus thoisigh a dhiúl. Bhí sí sásta. Níor ghlac Máire ceann ar bith, ach bhí a fhios aici go bhfaigheadh sí a sciar féin nuair a bhainfeadh sí an baile amach.

'Ní maith liom seanIsibéal,' ar sise.

'Cuireann sí mo sháith eagla ormsa,' arsa Bríd, 'stop sí mé lá amháin agus mé ag teacht anuas bealach na coille i m'aonar agus ní ligfeadh sí uaithi mé ar chor ar bith go dtí gur éirigh liom éalú uaithi sa deireadh.'

'Is fearr í a sheachaint,' arsa Máire, 'bhí Peig Nic Giolla Rua ag rá go dtig léi geasa a chur ort.'

'Tá mé cinnte go dtig,' arsa Bríd, 'deir siad gur ina Caitliceach a tógadh í, ach ní théann sí chun an Aifrinn, agus tá cumhacht ón diabhal aici.'

'Ní chuirfeadh sé sin ionadh ar bith orm,' arsa Máire, agus shiúil siad leo ar a suaimhneas, mar bhí teas mór sa lá go fóill. Bhí triomach ann le tamall, agus bhí cumhdach bog de dheannach liathbhán ar an bhealach mhór, agus é ina luí i ndromanna sna díoga, agus scim de ag smoladh úrghlaise na gcrann. Bhí na héanacha ina dtost, agus gan ceann ar bith le feiceáil ach corrghealbhan á fholcadh féin i gceo an bhóthair. Ba bhuan dordán na mbeachóg, agus iad ag diúl bainne gamhna na gclaíocha, agus ba dhícheallach píobaire an fhraoigh ag seinm fá na bruacha. Bhí boladh cumhra an mhóinéir ina fhallaing fán tír. I bhfad uathu mhothaigh na páistí ceadal snáthadach inneal bainte.

'Sin gléas úr Mhuintir Mhic Reachtain, an bhfaca tú go fóill é?' arsa Máire.

'Ní fhaca,' arsa Bríd, 'dúirt mo mháthair linn gan dul á chóir, dúirt sí gur bhain ceann acu na cosa de thachrán bheag thuas i gContae na Mí.'

'Caithfidh siad a bheith millteanach contúirteach, níl dúil ar bith agam iontu,' arsa Máire. Ar aghaidh leo go gcuala siad an fear ag cur faobhair ar speal taobh thall den chlaí. Stad siad.

'Sin Tam Mac Domhnaill,' arsa Máire, 'deir m'athair go bhfuil sé ar spealadóir chomh maith is atá sa tír, b'fhéidir go dtabharfadh sé deoch bhláthaí dúinn, tá tart an domhain orm.'

'Ní ólfaidh mise bláthach,' arsa Bríd, 'tá sí róghéar.'

'Gabh isteach sa chuibhreann liom cár bith,' arsa Máire. D'fhoscail sí an geata agus isteach leo. Bhí Tam i ndiaidh cromadh ar an obair arís, agus bhí a dhroim leo, ach stad sé agus thiontaigh thart nuair a chuala sé an geata ag gíoscán. Théaltaigh na páistí anonn chuige go héadrom idir srathanna an fhéir nuabhainte. Chuir Tam fáilte rompu go croíúil.

'Ag teacht ón scoil atá sibh, a chailíní mhaithe?' ar seisean. 'An raibh an mháistreás crosta libh inniu?'

'Ní raibh ar chor ar bith,' arsa Máire, 'ní bhíonn an mháistreás úr crosta linn in am ar bith.'

'Maise, tá an t-ádh dearg ar pháistí na haimsire seo,' arsa Tam, 'is maith is cuimhin liom go fóill na buillí den tslat a bhuaileadh an Máistir Mac Aodha orainn nuair a bhí mise ar an scoil. Is minic a d'fhág sé lorg na slaite ar an bhos sin,' agus shín sé amach a lámh dheas ionann is dá mbíodh na fearbacha le feiceáil ansin féin.

'Ach,' ar seisean, 'is beag an mhaith a rinne sé dom, ní raibh mé gasta ag tógáil an léinn.'

'Deir m'athair nach bhfuil fear ar bith sa taobh seo tíre atá inchomórtais leat i gceann speile, a Tam,' arsa Máire.

'Arú fear ceart d'athair,' arsa Tam, 'ach is furasta mo mholadh.'

'An mbeadh aon deoir bhláthaí le spáráil agat?' arsa Máire.

''Bhfuil tart ort, a chailín bhig?' arsa Tam.

'Tá tart an domhain orm,' arsa sise.

'Má théid tú síos ansin go dtí an sruthán, gheobhaidh tú canna ina sheasamh san uisce, go díreach ansin fán chrann fuinseoige. Ólaigí bhur sáith. Agus féadann tú é a thabhairt aníos chugamsa nuair a bheas tú réidh leis. Is tartúil an obair í seo.'

Fuair sí an canna istigh fán bhruach. Bhí stán ar snámh ann. Líon sí seo den bhláthach, agus d'ól é.

'Bhí sin iontach deas,' ar sise le Bríd, 'chomh fuar léi. Beidh ceann eile agam.' Líon sí an stán arís, agus chuir lena béal é, ach b'éigean di dul ina cheann cúpla uair sular fholmhaigh sí an iarraidh seo é.

'Ní ólfaidh tú braon?' ar sise le Bríd.

'Ní ólfaidh,' arsa Bríd, 'gheobhaidh mé deoch uisce ag pumpa Mhic Giolla Easpaig.'

'Maith go leor,' arsa Máire, 'caithfidh mé an canna a thabhairt suas chuig Tam.'

D'ól Tam deoch den bhláthach. Ansin thriomaigh sé a bhéal le cúl a dhoirn, rinne sé bloscarnach, agus ar seisean,

'Ní féidir an bhláthach a bhualadh amach lá te mar seo, is fearr sin ná buidéal – ná buidéal de líomanáid dhubh féin,' agus thoisigh sé a gháire fá na focail dheireanacha seo ar dhóigh a d'fhág a chorp go léir ar bharr amháin creatha. Ní thiocfadh leis na páistí gan gáire a dhéanamh ag amharc air. Sa deireadh arsa Máire, 'An bhfágfaidh mé an canna ar ais sa sruthán duit?'

'Ní fiú do shaothar é,' ar seisean. 'Coinneoidh mé anseo in aice liom é fá shopóg féir. Ní thiocfaidh an ghrian air ansin.'

'Caithfimid a bheith ag baint an bhaile amach,' arsa Máire, 'go raibh míle maith agat as an deoch a thabhairt dom.'

'Ná nár ól an cailín eile anseo aon deoir?' arsa Tam.

'Níor ól,' arsa Máire, 'ní maith léi bláthach.'

'Is dócha gurbh fhearr léi steall líomanáide,' arsa Tam, agus thoisigh sé a gháire arís.

'Slán agat,' arsa na cailíní as béal a chéile.

'Go soirbhí Dia daoibh,' arsa Tam, agus chuaigh sé i gceann speile arís.

Ar aghaidh leo go dtáinig siad chomh fada le teach Neansaí, bean Shéamais Uí Ainbhith. Ní raibh clann ar bith ar an lánúin seo, agus ar an ábhar sin chaitheadh siad bunús a gcuid ama ag deisiú agus ag cóiriú an tí, agus bhí sin acu a chois an bhealaigh mhóir, teach beag gleoite gan bun cleite isteach ná barr cleite amach ann. Bhíodh achan chineál bláthanna ag fás acu sa ghairdín os comhair an dorais, agus fá na ballaí. Agus ba mhinic a stadadh na daoine a bhíodh ag dul an bhealaigh ag amharc orthu. Agus stad an dá pháiste an lá seo a dhéanamh ionadh den chnuas de rósanna bána agus de rósanna dearga a bhí ag cur a gcumhrachta ar fud an aeir.

'Nuair a bheas teach de mo chuid féin agamsa,' arsa Bríd, 'beidh rósanna ag fás thart fá dtaobh de mar sin.'

'Is deas iad,' arsa Máire.

Bhí rós mór bán crochta le barr an gheata, agus, chóir a bheith gan fhios di féin, shín Bríd a lámh in airde go bhfuair sí greim ar an chraobh. Le sin fosclaíodh an doras agus amach le bean an tí go feargach gur chuir brathladh uirthi. Theith an dá pháiste, an méid a bhí ina gcorp.

'Ní raibh mé ag dul a bhaint,' arsa Bríd nuair a stad siad lena n-anáil a tharraingt, 'Níor theastaigh uaim ach an boladh a chur.'

'Caithfidh sé go raibh sí ag coimhéad orainn fríd an fhuinneog i rith an ama,' arsa Máire.

'Deir mo mháthair go mbíonn sí ag an fhuinneog i gcónaí, ag coimhéad ar gach duine a théid thart, nach mbíonn a dhath eile le déanamh aici,' arsa Bríd, 'agus go bhfuil sí chomh confach le peata seabhaic. Caithfidh Séamas a chulaith oibre a bhaint de sa bhothóg ag taobh an tí gach tráthnóna ar eagla go salódh sé an chistin.'

'Is dócha go n-éiríonn sí cianach i rith an lae,' arsa Máire, 'nuair nach mbíonn cuideachta ar bith aici.'

'Shílfeá gur cheart di a bheith sásta leis an teach deas atá aici,' arsa Bríd.

Nuair a tháinig siad 'fhad le pumpa Mhic Giolla Easpaig,

sháigh Bríd a béal fán soc, agus chuaigh Máire ag oibriú an hanla. Ní tháinig anuas ar dtús ach driog bheag uisce, agus d'ardaigh Bríd a ceann agus ar sise, 'Oibrigh go teann é, tá tart an domhain orm.' Lig Máire a cuid urraidh uilig amach ar an hanla, agus ba dhóbair go mbáfaí Bríd sa rabharta uisce a thit uirthi. Chuir sí uaill chaointe aisti.

'Rinne tú sin d'aon turas,' ar sise, 'rinne tú sin d'aon turas. Tá mé i mo líbín bháite,' agus thoisigh sí ag iarraidh an t-uisce a chroitheadh as a cuid gruaige, agus as uachtar a gúna.

'Ní raibh neart agam air,' arsa Máire, 'nár iarr tú orm tuilleadh a thabhairt duit?'

'Níor iarr mé ort mé a fhliuchadh go craiceann,' arsa Bríd, 'nó an anáil a bhaint asam.'

'Och, níl caill ort,' arsa Máire, 'beidh tú tirim i gceann bomaite. Scaoil an ribín de do chuid gruaige.'

'Is réidh agatsa a bheith ag caint,' arsa Bríd, ach bhain sí di an ribín, agus thoisigh a racht a shíothlú. Shiúil siad leo. Bhuail cineál imní iad nuair a tháinig siad a chóir tí Mhuintir Mhic Giolla Rua. Thoisigh siad a chaint os íseal.

'An síleann tú gur éirigh le Seoirse fáil isteach gan fhios don athair?' arsa Bríd.

'Cad chuige nach bhfaigheadh?' arsa Máire.

'Bíonn Roibeard thart fán teach an chuid is mó den am. Ní dhéanann sé féin mórán oibre sna cuibhrinn anois,' arsa Bríd, agus leis sin chuala siad fear ag srónfaigh, agus tháinig Roibeard amach as an teach. Fear mór trom spadánta a bhí ann. Thug sé amharc dubh gnúiseach amháin ar an dá chailín, agus rinne moill bhomaite mar a bheadh sé ag dul a rá rud inteacht leo, ach ní dhearna sé ach srónfach eile a ligean as agus siúl trasna go dtí an scioból. Dheifrigh na cailíní thart leis an gheata.

'Measann tú go bhfaca sé Seoirse?' arsa Máire.

'Chonacthas dom go raibh drochaoibh air. An bhfaca tú an t-amharc fiata a thug sé orainn? Ar mhothaigh tú a leithéid de shrónfaigh riamh?'

'Bíonn sé ag srónfaigh mar sin i gcónaí,' arsa Bríd, 'agus bíonn smut air i gcónaí. Deir m'athair go mbíonn smut ar na seanAlbanaigh sin i gcónaí.'

'Tá dúil agam nár rug sé ar Sheoirse,' arsa Máire.

Bhí siad ag an ghabhal sa bhealach mhór faoi seo. Bhí ag Bríd le dul ar aghaidh suas Bealach na Coille fá thuairim míle go leith go fóill sula mbainfeadh sí an baile amach, an áit a raibh feirm bheag ag a hathair ar thaobh an tsléibhe, agus chaithfeadh Máire coradh síos ar thaobh na láimhe deise. Sheas siad tamall ag comhrá sular scar siad. Tháinig fear anuas an mhala ar rothar. Chroith sé a lámh ar na cailíní ag dul thart dó.

'Sin rud a ba mhaith liom, rothar,' arsa Bríd. 'Nach ar Dhiní Ó hAilpín atá an t-ádh ag seoladh ar fud na tíre mar sin?'

'Is air atá,' arsa Máire, 'b'fhéidir go mbeimis in ann rothair a cheannach nuair a bheas muid mór, agus dul amach orthu gach aon Domhnach, nár dheas sin?'

'Ba dheas, leoga,' d'fhreagair Bríd. Tháinig drithle sna súile aici, agus ar sise go díbhirceach, 'gheobhaimid iad, a Mháire, gheobhaimid iad, mise agus tusa, má chuireann muid gach pingin a gheibhimid i dtaisce, beimid ábalta iad a cheannach nuair a bheas muid mór. An ndéanfaidh tú sin? An dtoiseoidh tú a chur gach pingin i dtaisce? Agus nuair a bheas go leor againn, ceannóimid na rothair an lá céanna, agus beidh gach duine ag éad linn? An ndéanfaidh tú é?'

'Déanfaidh,' arsa Máire, 'ach beidh muid tamall fada ag cruinniú go leor airgid le rothair a cheannach. Creidim go bhfuil siad iontach daor.'

'Ní bheimid chomh fada sin uilig,' arsa Bríd, 'nuair a

bheas muid ag obair beimid in ann sé pingine, nó scilling a chur i leataobh gach seachtain. An ngeallfaidh tú go dtoiseoidh tú an tseachtain seo?'

'Geallfaidh,' arsa Máire.

'Agus déanfaimid rún de, a Mháire.'

'Déanfaimid.'

'Nach againn a bheas an saol, nuair a bheas na rothair againn. Slán leat, a Mháire.'

'Slán leat, a Bhríd.'

Thug an bheirt acu dhá chúl a gcinn le chéile ansin, ach thiontaigh Máire nuair a chuala sí a cara ag scairtigh uirthi. Bhí sí ina seasamh ar bharr na mala agus ainneoin go raibh sí giota fada ar shiúl uaithi, chuala Bríd na focail go soiléir, 'Ná lig an rún le haoinne.'

'Ní ligfidh,' arsa Bríd, agus í ag baint faid as a glór, sa dóigh is go mbeadh sí inchluinte. D'iompaigh siad óna chéile arís, agus thriall leo.

Bhí Eoin ag fanacht léi ag ceann an chabhsa, agus tháinig sé a rith ina haraicis, agus an madadh lústrach ina chosamar.

'Bhfuair tú na milseáin?' ar seisean.

'Fuair,' ar sise, '*Bulls Eyes*,' agus shín sí an mála beag chuige. Sciob sé uaithi é, d'fhoscail é, thóg amach milseán eile, agus thug do Mháire é. D'imigh sé uaithi ansin de rúid síos an cabhsa, ach sular bhain sé an teach amach, phill sé aníos agus thug milseán eile di, agus d'imigh leis ar cosa in airde arís.

'Caidé a choinnigh tú?' arsa a leasmháthair nuair a chuaigh sí isteach, 'tá do dhinnéar fuar anois ort. Bhí mé ag dúil leat leathuair ó shin. Agus cad chuige ar cheannaigh tú milseáin don leanbh sin, tá a chár millte leo?'

Cál glas, seanphrátaí agus giota beag muiceola a chuir a

leasmháthair ar an tábla os a coinne, agus ainneoin go raibh sí óg, agus go raibh sí i ndiaidh siúl fada a dhéanamh char ith sí mórán. Ní raibh dúil aici sa chál agus bhí an mhuiceoil uilig, nach mór, ina geir agus i bhfad róláidir aici. Muiceoil de chuid Mheiriceá a bhí inti, ar ndóigh. Ach ní bhfuair Máire tormas ar bith ar an bhia, bhí a fhios aici go maith gurb é a bhí ag a leasmháthair dá dinnéar féin. D'inis sí di fán taisme a bhain de Sheoirse Mac Giolla Rua ag rá go mba sin a chuir an mhoill uirthi.

'Fan tusa amach ón dream sin,' a dúirt a leasmháthair léi go grusach, 'mura dteastaíonn uait d'aimhleas féin a dhéanamh. Níl sé sona ag Gael a bheith ag rith thart leo mar Albanaigh.'

Chuir an chaint seo ionadh ar Mháire. Dar léi go mb'éagórach an chaint í, ach níor dhúirt sí focal, mar níor mhaith léi teanga a leasmháthar a tharraingt uirthi. Ach ní fhacthas di riamh go raibh urchóid ar bith i Seoirse Mac Giolla Rua. Shíl sí gur gasúr deas modhúil a bhí ann, agus bhí sí eolach air, ná ba mhinic a thigeadh siad 'na bhaile ón scoil i gcuideachta a chéile, cé nárbh ionann rang dóibh. Ba mhaith a bhí a fhios aici fosta, go mbíodh cuid de na cailíní ba mhímhúinte a bhí ar an scoil ag magadh orthu, mar chuala sí 'Seoirse Mac Giolla Rua' á scairteadh ina diaidh níos mó ná uair amháin ag scaifte ón sráidbhaile.

'Má tá tú réidh,' arsa an leasmháthair léi, 'ba mhaith liom tú cúpla stópa uisce a tharraingt dom ón tobar. Rinne mé an níochán ar maidin agus níl aon deoir sa teach agam.'

D'éirigh sí amach ón tábla, agus thóg canna a bhí i gcúl an dorais, agus leis sin isteach le hEoin. 'Gabh amach go bhfeice tú an bothán atá déanta agam,' ar seisean.

Bhí bothán déanta aige de sheanchláir agus de scraitheanna ar chúl an chlaí sa pháirc os coinne an dorais.

'Thig liom dul isteach ann,' arsa Eoin agus chrom sé anuas agus chuaigh isteach ar a cheithre boinn.

'Tar tusa isteach fosta,' ar seisean, 'tá neart fairsinge ann duit.'

Chuaigh Máire síos ar a dhá ghlúin, agus bhí sí ag dearcadh isteach sa chró nuair a chuala sí a leasmháthair ag scairteadh.

'Nach bhfuil tú ar shiúl go fóill fá choinne an uisce. Beidh d'athair anseo gan mhoill, agus níl aon deoir agam lena chuid tae a dhéanamh.'

Thug Máire léim ina seasamh, agus d'imigh ina rith suas go barr na páirce an áit a raibh an tobar. Thóg sí an t-uisce, agus bhí sí go díreach ar tí pilleadh chun an bhaile nuair a chonaic sí Seoirse Mac Giolla Rua ag teacht anuas an bealach mór leis an eallach. D'fhan sí ag an chlaí go dtáinig sé 'fhad léi. Bhí sé ciúin tostach, agus chonacthas di go raibh a chuid súl dearg mar a bheadh sé i ndiaidh a bheith ag caoineadh.

''Bhfaca d'athair gur fliuchadh tú?' ar sise.

'Chonaic,' ar seisean.

'Ar bhuail sé tú?' ar sise.

'Bhuail,' ar seisean.

'Och!'

Níor dhúirt sí ach sin. Bhí leisce uirthi canúint ab fhearr ná sin a chur ar an trua a bhí aici dó. Ní thiocfadh léi. Níor bhéas don mhuintir ar dhíobh í briathra míne a chanadh, ach amháin le leanbh, nó nuair a bhíodh siad i ngrá. Ní raibh Seoirse ag dúil le níos mó ná sin uaithi. Níor labhair sé féin níos mó, ach d'imigh leis i ndiaidh an eallaigh, agus thug Máire a haghaidh ar an teach.

'Gabh amach anois agus tabhair aníos an bhó. Is mithid dom a bleán nó beidh d'athair sa bhaile am ar bith feasta,' arsa an leasmháthair. D'imigh Máire arís. Bhí Eoin ag uthairt ar an bhothán go fóill, agus scairt sí air;

'Bí liom fá choinne na bó,' ar sise. Tháinig sé sna sála aici de rith.

'Cuideoidh mise leat bail a chur ar an bhothán sin. Cuirfidh mise maise air. Déanfaimid teach galánta de, fan go bhfeice tú. Tsiú Rover.' Bhí an madadh ag léim thart fá dtaobh díobh.

Chuaigh siad síos fríd an chéad pháirc, isteach i gcuibhreann prátaí, síos an cosán ar an imeall, gur bhain siad amach an míodún mar a raibh an bhó ag innilt. Thóg sí a cloigeann ag amharc orthu nuair a mhothaigh sí ag teacht iad. Thug Rover ionsaí fiata uirthi. D'ísligh sí na hadharca.

'Ní bheidh maith sa mhadadh sin choíche,' arsa Máire, 'tá sé chomh hamaideach le coileán go fóill. Tsiú, a mhadaidh, tsiú a mhadaidh,' ar sise, agus chrom sí anuas ag ligean uirthi go raibh sí ag dul a chaitheamh cloiche leis. D'imigh sé ón bhó ansin.

'Tsiú, tsiú,' arsa Eoin ag déanamh aithrise uirthi, agus thoisigh an bhó a theacht aníos chucu. Thiomáin siad chun an bhaile í, agus cheangail Máire don stáca sa bhóitheach í, agus tháinig a leasmháthair amach leis an channa agus leis an stán réidh lena bleán.

Níor fhan an dá pháiste sa bhóitheach go raibh an bhó blite mar nár nuaíocht ar bith acu bó a fheiceáil á bleán. Chuaigh Máire isteach chun tí agus tháinig sí amach arís le seanbhosca dá cuid féin. Bhí sé lán píosaí de chupaí briste, agus de ghloine dhaite.

'Amharc orthu seo,' ar sise, 'spréifimid iad seo thart ar an bhothán.'

'Beidh sin galánta,' arsa Eoin. Bhí siad ag gabháil don obair sin, nuair a tháinig an t-athair chun an bhaile. I ndiaidh a bheith ag baint féir do sheanIsibéal a bhí sé agus bhí speal leis ar a dhroim. Rith Eoin ina araicis.

'Fan amach uaim, a thaisce, go gcuire mé an t-acra seo fá

chónaí,' ar seisean, agus isteach sa bhóitheach leis gur chroch sé an speal ar an mhaide trasna. Ansin fuair Eoin greim láimhe air, agus isteach chun tí leo. Scaoil Máire an bhó amach arís.

'Tá rothar, rothar úr nua ag Diní Ó hAilpín,' arsa Máire le linn dóibh a bheith ag déanamh a gcoda. 'Chonaic mé inniu é, dá bhfeicfeá an dóigh a raibh sé ag lonrú sa ghrian.'

'Maise,' arsa an t-athair, 'nach mór a bhí sé ina fheidhm sin? B'fhearr dó i bhfad na pingneacha beaga atá aige a chur i dtaisce, in áit a bheith á scaipeadh le haer an tsaoil. Ach ní raibh splaideog chéille riamh ag an duine bhocht, agus cha bhíonn choíche.'

'Is dócha go síleann sé go bhfuil an rothar de dhíth air anois fá choinne a chuid oibre. Ag bailiú árachais atá sé, tá a fhios agat,' arsa a bhean.

'An sin an rud a bhfuil sé ag gabháil dó anois?' arsa a fear. 'Ní leanfaidh sé i bhfad dó sin, tchífidh tú sin. Agus cibé ar bith, d'fhéadfadh sé fanacht i muinín na coisíochta go fóill. Amharc Seán an Phosta ansin, an méid a shiúlann sé.'

'Ach tá cuid mhór daoine ag fáil rothar anois,' arsa Máire, 'tá ceann ag an mháistreás úr.'

'Má tá,' arsa an t-athair, 'bíonn pá maith ag éirí di ar fad. Chan ionann ise agus daoine eile.'

'Nach bog an saol a bíos ag cuid de na daoine,' arsa a bhean.

Leis sin chualathas an bhó ag géimnigh. Thug an t-athair léim ina sheasamh, agus d'amharc amach fríd an fhuinneog.

'Char dhúirt tú liom go raibh an bhó fá dháir,' ar seisean lena bhean. 'Cha raibh a fhios agam go raibh,' ar sise. D'ól sé a chuid tae, agus d'imigh amach.

Máire a chuireadh Eoin a luí, agus a mhúineadh a chuid paidreacha dó, agus nuair a bhíodh siad ag urnaí, ba mhaith le Máire iarraidh air áivé a rá ar son a mhamaí sna flaithis, ach níor luaigh sí riamh í, mar bhí a fhios aici nach raibh eolas ar bith aige fá dtaobh di. Ní raibh ann ach naíonán nuair a fuair sí bás. Ach bhí cuimhne aici féin ar a máthair, cé go raibh an chuimhne sin ag éirí níos doiléire de réir mar a bhí na blianta á gcaitheamh. Deireadh sí paidir ar a son gach oíche dá saol, agus is ag smaoineamh uirthi a bhíodh sí i gcónaí sula dtiteadh a codladh uirthi. Agus ina hintinn tchífeadh sí bean óg álainn gléasta i ngúna bhán, agus í ag gáire léi, ach ainneoin a díchill, ní thiocfadh léi amharc róshoiléir a fháil ar a haghaidh. Mar sin féin mhothaigh sí, nó shíl sí gur mhothaigh sí, grá na máthar sin ina timpeall, agus bhí a fhios aici dá siúlfadh sí isteach sa seomra chuici, nach mbeadh eagla ar bith uirthi roimpi, ach gur mhór an lúcháir a bheadh uirthi roimpi. Agus ba mhinic, nuair a bhíodh sé ag dul ó sholas, agus na scáilí ag leathnú ar fud an tseomra, ba mhinic a luíodh sí ansin ar a leaba ag dúil léi a theacht. Ach ní tháinig sí ríamh, agus bhí folúntas mór i gcroí Mháire. Chan é go raibh a leasmháthair go holc di, ach ní raibh dul acu éirí doirte dá chéile ar dhóigh inteacht. Bhí coimhthíos inteacht eatarthu i dtólamh. Agus ní hamháin sin, ach d'aithin Máire nach raibh an t-athair ag tabhairt iomlán a chroí di. Ní fuar a bhí sé inti, ach bhí mar a bheadh leisce air iomlán a ghrá a nochtadh di, ar eagla go mbeadh a leasmháthair míshásta nó éadmhar. Dá bharr sin uilig, bhí a grá uilig á dháileadh aici ar Eoin. Bhí sí ina deirfiúr agus ina máthair aige.

'Cuirfimid tuilleadh maise ar an bhothán amárach, a Mháire,' ar seisean, nuair a bhí sí á shoipriú sa leaba, 'nach gcuirfidh?'

'Cuirfidh cinnte,' ar sise, 'gheobhaidh mise lear rudaí deasa eile le cur leis. Fan go bhfeice tú.'

Chas Máire ar Bhríd agus ar Eibhlín Ní Chonghaile ag ceann

an chabhsa i dtrátha a haon déag. Bhí siad uilig i ndiaidh a bheith ag an chéad Aifreann, ná bhí siad anois ag dul ar an turas bhliantúil ón scoil síos chun na trá. Théadh siad chuig an áit chéanna gach bliain – chuig an Chaisleán Nua, cé gur luaigh an máistir cúpla áit eile ó am go ham. Bhí rún aige iad a thabhairt go Rinn Mhic Giolla Rua, bliain inteacht. Thaithneodh an Rinn leo, adúirt sé. Tchífeá daoine ansin nach bhfeicfeá áit ar bith eile. Bheadh seanmhná ag dul thart ag díol duilisc, agus iad ag caint Gaeilge, agus fir ag díol oisrí. B'fhéidir go n-éireodh leis bliain eile iad a thabhairt chomh fada le Baile Átha Cliath, dá mbíodh lucht an Bhóthair Iarainn sásta turas saor a shocrú dóibh. Chaithfeadh sé scríobh chucu fá dtaobh de.

Ba dheas dul go Baile Átha Cliath. Ba sin cathair! B'ansin a bhí sé féin ar coláiste. Dá bhfeicfeadh siad Páirc an Fhionnuisce, an pháirc ba mhó sa domhan. Agus na hainmhithe sa Zú! Bhéarfadh sé in airde ar ghallán Nelson iad go mbreathnódh siad thart ar an chathair uilig. Rachadh siad amach go Binn Éadair ar an tram agus suas go mullach an chnoic. An t-amharc a bheadh acu ar an fharraige, agus ar shléibhte Chill Mhantáin ón tram agus é ag tógáil na mala! Ní raibh a leithéid eile le fáil ar dhroim an domhain. Och, Baile Átha Cliath, ba í sin an chathair! Rachadh siad ansin bliain inteacht, le cuidiú Dé. Chaithfeadh sé scríobh chuig lucht an Bhóthair Iarainn. Bhí a fhios ag na páisti go maith nach mbeadh siad ag dul ar thuras ar bith go Baile Átha Cliath. Bhí a fhios acu gurb é sin an port a bhíodh ag an mháistir gach bliain. Nach iomaí uair roimhe seo a chuala na scoláirí ba shine aige é? Ach ba chuma leo fá sin. Ba bhreá leo a bheith ag éisteacht leis ag caint fá na hiontaisí a bhí le feiceáil fá phríomhchathair na hÉireann. Agus mura raibh sé i ndán don mháistir iad a threorú suas gallán Nelson, b'fhéidir go bhfaigheadh siad faill dul suas ann nuair a bheadh siad mór. Agus idir an dá linn bheadh siad buíoch dó as an tsamhlaíocht a spreagadh iontu. Agus lena chois sin bhíodh siad sásta go leor leis an chuairt ar an Chaisleán Nua. Bhíodh páistí leo gach bliain nach raibh ansin roimhe, agus bhíodh an chuid ba shine ag taispeáint gach rud dóibh, agus diomaite de sin bhíodh ábhar nua iontais le feiceáil ag an té ab eolaí, mura mbíodh ann ach meaisín nua inteacht sa stáisiún, nó puball ag lucht grinn os coinne na mara.

Bhí scaifte mór páistí ag fanacht leis an traein ag stáisiún an tsráidbhaile. Ag fanacht taobh amuigh den gheata a bhí siad, mar nach ligfí isteach ar an ardán iad go dtí go dtiocfadh an máistir. Agus b'iomaí uair a cuireadh foraire suas go coradh an bhealaigh mhóir ag amharc an raibh sé ag teacht, mar ba mhillteanach an rud é dá mbeadh sé mall, mar d'imeodh an traein gan iad. Fá dheireadh, nocht sé chucu thart an coradh agus an dá fho-mháistreás ina chosamar, agus nuair a nocht thóg an slua na gártha áthais. Labhair an máistir leis an ghiolla a bhí ar an gheata agus d'fhoscail sé é, agus isteach leo uilig. Bhí aoibh bhreá ar an mháistir, é ag gáire agus ag caint le gach duine, agus gan fiú an dá fho-mháistreás nár ghéill do spiorad na saoire, agus a thoisigh a chomhrá go haigeantach leis na cailíní móra, agus a mholadh a gcuid gúnaí. Ina gcuid éadaigh Domhnaigh a bhí siad uilig cóirithe. Gúnaí éadroma ar na cailíní, agus hataí leathana tuí, agus a cóta mór le gach bean acu ar bhacán a láimhe. Cóta mór trom, mar nach raibh cótaí fearthainne fairsing san am sin. Ní raibh a gcuid cótaí móra leis na buachaillí, mar bhí culaith throm bhréidín ar gach fear acu, agus bearád go teann ar a chloigeann. Bhí lón le gach duine acu.

Nuair a tháinig an traein, d'fhan siad uilig go ciúin go dtí gur stop sí mar gur fiche uair i rith na seachtaine roimhe sin a bhagair an máistir orthu gan corraí ar an ardán 'fhad is bhí sí ag gluaiseacht. Bhí sé ina sheasamh ansin ar an ardán, agus é ag amharc ina thimpeall go himníoch agus go cúramach mar a bheadh ceannaire airm ar pháirc an chatha ann, agus sa deireadh nuair a bhí sé cinnte go raibh na rothaí móra ina dtost thug sé an comhartha agus lig sé na páistí uaidh mar shaighdiúirí chun comhraic. Bhailigh siad uilig isteach i gcarráiste a raibh focal curtha ag an mháistir air, agus b'ansin a bhí an chaint agus an callán, an brú agus an tarraingt, cuid ag iarraidh áit ag an fhuinneog, nó ag an taobh seo de rogha ar an taobh eile, cairde ag iarraidh suí in aice a chéile, go háirithe cailíní, agus corrpháiste óg ag caoineadh leis an scanradh. Shuigh an máistir i measc na mbuachaillí ba mhó agus an dá mháistreás i measc na gcailíní ba mhó, go díreach os coinne Mháire agus Bhríde. Chuir seo faitíos ar Mháire, ach níor chuir ar chor ar bith ar Bhríd. Ba mhaith a bhí sí in ann comhrá a choinneáil leis na múinteoirí, gan scáth gan eagla. Ach ansin ba chailín í a raibh eagna chinn ar leith aici, rud a d'aithin gach duine. Bhí Máire ina tost an chuid ba mhó den am, agus choimhéad sí an tír ag sciorradh thart leis an fhuinneog ionann is dá mba rud é nach raibh spéis ar bith aici sa seanchas. Ach ansin labhair an mháistreás óg léi.

'Ní thug tú Eoin leat,' ar sise.

'Ní thug,' arsa Máire.

'Is dócha go bhfuil sé ró-óg go fóill,' arsa an mháistreás.

'Tá,' arsa Máire.

'B'fhéidir go mbeadh sé leat ar an bhliain seo chugainn,' arsa an mháistreás.

'B'fhéidir,' arsa Máire.

'An maith leat bheith ag dul síos chun na trá?' arsa an mháistreás.

'Is maith liom,' arsa Máire.

Shíl an mháistreás go raibh a dualgas comhlíonta ansin, is cosúil, mar thiontaigh sí chuig an chailín a bhí in aice léi.

Ní raibh an Caisleán Nua ach deich míle ar shiúl, agus roimh i bhfad bhí na páistí ag éirí tógtha arís, mar bhí siad ag tarraingt isteach go ceann scríbe.

'Fanaigí socair anois go stada an traein,' arsa an máistir de ghlór údarásach, 'ná seasadh aon duine agaibh in aice dorais ar eagla go dtitfeadh sé amach. Fanaigí socair anois.' Agus d'fhan siad socair, ach chomh luath is a shíothlaigh gíoscán na gcoscán, lig siad gáir astu agus amach ar an stáisiún leo.

'Anois, coinnigí le chéile, coinnigí le chéile,' arsa an máistir, agus d'imigh siad uilig síos an t-ardán agus amach chun an bhaile mhóir. Baineadh an anáil díobh nuair a fuair siad an chéad amharc ar an tsráid. Bhí an ghrian ag soilsiú go gléigeal, agus bhí na sluaite daoine suas agus anuas na cosáin, agus cuma shona mheidhreach orthu fána gcuid éadaigh dathiomaí samhraidh. Go díreach os coinne an stáisiúin bhí siopa a mheall gach súil, mar bhí seastáin taobh amuigh de a bhí lán fáilleagán de gach cineál, buicéid bheaga ghorma, buicéid mhóra dearga, spádaí iarainn, spádaí adhmaid, liathróidí, báid, orgáin bhéil, agus na céadta rudaí eile ag breith barr draíochta ar a chéile le dathanna, le maise, agus le loinnir. Thug na páistí ruaig amháin ar an siopa sin.

'Ná ceannaigí a dhath go fóill,' arsa an máistir leo, 'beidh go leor eile le feiceáil suas an tsráid. Siúlaigí ar aghaidh.' Agus shiúil siad ar aghaidh go malltriallach – leisce orthu gach siopa a fhágáil ina ndiaidh go dtí gur bhain siad an trá amach. Thogh siad áit i leataobh dóibh fein agus shuigh síos. Bhain cuid de na cailíní agus cuid de na buachaillí díobh a gcuid stocaí agus bróga agus chuaigh amach a spágáil sa lán mara. Níor smaoinigh aon duine acu ar dhul amach a shnámh, mar nach raibh snámh ag aon duine díobh.

'Ná gabhaigí rófhada amach,' arsa an máistir.

Bhí Máire agus Bríd agus Eibhlín ar na cailíní a chuaigh amach sa sáile, agus ba mhór an spórt acu ligean don scaileog briseadh fá na loirgneacha orthu. Nuair a thuirsigh siad de sin, tháinig siad isteach, chuir orthu a gcuid coisbheart arís, agus d'imigh a chruinniú sliogán agus clocha duirlinge.

'Beidh cuid acu seo deas fá choinne bhothán Eoin,' arsa Máire le Bríd, 'cuirfidh mé cúpla sraith acu ina thimpeall. Is deise i bhfad iad ná na giotaí de sheansoithí. Agus caithfidh mé rud inteacht a cheannach dó go fóill. Thógfadh sé an ceann den teach, dá rachainn 'na bhaile gan féirín liom dó.' An mhaidin sin lean sé í go barr an chabhsa, é féin agus Rover, agus nuair a scar sí leis ansin, chuir sé uaill chaointe as, ainneoin gur thuig sé roimhe sin nach raibh sé ag dul léi. Bhí trua aici dó, mar thuig sí go mbeadh sé ina aonar i rith an lae agus go mbeadh cumha air, lá a d'fhéadfadh sí a bheith leis. Ach bhí dhá scilling aici, agus cheannódh sí féirín deas dó.

Chuala siad an máistir ag glaoch orthu, agus bhailigh siad ina thimpeall.

'Is mithid dúinn ár gcuid lóin a ithe,' ar seisean. Shuigh siad uilig thart, d'fhoscail siad a gcuid beartán agus thoisigh a dhéanamh a gcoda. Bhí ceapairí agus buidéil bhainne le cuid mhaith acu, ach cheannaigh cuid acu buidéil líomanáide agus bunnóga. Bhí tae i bhfleasc leis an mháistir, ach d'imigh an dá mháistreás le tae a fháil i gcaife. Nuair a bhí gach duine réidh d'iarr an máistir orthu na páipéir a bhí scaipthe thall is abhus acu a bhailiú. Bhailigh agus chuir an máistir cipín solais leo. Ansin d'imigh siad uilig suas go barr an bhaile go bhfeicfeadh siad na báid iascaireachta agus na heangacha ar triomú sa ghrian. Agus bhí an chuid ab fhearr den lá le teacht go fóill, na cleasa lúith.

I bpáirc i gcúl an bhaile a bhí na cleasa lúith acu. Bhí rásaí acu fá choinne na mbuachaillí agus fá choinne na gcailíní, idir bheag agus mhór. Cuireadh na buachaillí ag féacháil a chéile sa léim ard, agus sa léim 'fhada. Agus bhí cluiche dallóige ann ina raibh cead ag gach duine a bheith páirteach. Ach ba é rás na mbuachaillí móra an eachtra ba mhó spéis. Bhí duais mhór – cúig scillinge – le fáil ag an té a bhéarfadh leis an bua, agus bheadh an choimhlint crua.

Bhí acu le dul timpeall na páirce uair amháin sa rás seo, agus bhí amharc ag an lucht féachana ar an rás óna thús go dtína dheireadh. Nuair a tháinig na buachaillí amach go dtí an sprioc, thiontaigh Bríd chuig Máire, agus ar sise, 'Tá dúil agam go mbainfidh Tomás Ó Gallchóir.' Ní thug Máire freagra ar bith uirthi. Stócach mór rua a bhí i dTomás, agus bhí a fhios ag Máire gur mhaith le Bríd é an rás a bhuachaint ar an ábhar go mba Ghael é, agus bhí a fhios aici gur mhaith leis na Gaeil uilig sin.

Shéid an máistir a fheadóg, agus thoisigh an rás. Chuaigh Tomás chun tosaigh ar an nóiméad, agus bhí sé soiléir go raibh rún aige an chuid eile de na buachaillí a scoitheadh chomh luath is a thiocfadh leis. Ach bhí an mhórchuid sna sála air go dtí go raibh leath na páirce curtha díobh acu. Ansin thoisigh siad a thitim siar ina nduine agus ina nduine. Ach bhí triúr le chéile go dtí an deireadh nach mór, agus bhí Tomás ar dtús i rith an ama. Ansin nuair nach raibh sé ach fá thuairim fiche slat de cheann scríbe, baineadh truisle as ar dhóigh inteacht, agus sciorr buachaill beag daingean thairis, agus rug an bua leis. Seoirse Mac Giolla Rua a bhí ann.

Ag pilleadh chun an stáisiúin dóibh, stad níos mó ná duine amháin díobh taobh amuigh de na siopaí. Agus chuaigh níos mó ná duine amháin isteach mar bhí go leor daoine óga a fágadh sa bhaile, a bheadh iontach meallta an tráthnóna sin, mura mbeadh bronntanas le fáil acu. D'fhan Máire go dtáinig sí chuig an siopa a bhí os coinne an stáisiúin, mar chonacthas di go mba é ab fhearr den iomlán. Cheannaigh sí liathróid dheas shnasta dhearg ar thrí pingine, agus *rock* dhá phingin d'Eoin, agus dar léi gur cheart dó a bheith sásta leis an méid sin, agus dúirt Bríd agus Eibhlín gur cheart go mbeadh.

Nuair a tháinig siad den traein arís, chruinnigh siad uilig thart ar an mháistir agus ar an dá mháistreás, agus d'iarr fear de na buachaillí móra orthu trí ghártha a thabhairt ar son an dá mháistreás. Agus thugadar na trí ghártha sin go bríomhar. Ansin d'iarr sé orthu trí ghártha a thabhairt ar son an mháistir, agus nuair a d'iarr, ní trí ghártha a thug siad, ach fiche gáir a chualathas fada leitheadach ar fud na tíre, mar nach raibh páiste ar bith sa láthair nach raibh geallmhar ar an mháistir agus nár thuig gurbh é féin agus é féin amháin ab údar don turas, agus nár aithin chomh lách cineálta is bhí sé do gach duine acu i rith an lae.

Thóg an máistir a lámh, thost an slua, agus arsa seisean, 'Tá mé féin agus na máistreásaí buíoch díbh, a pháistí. Bhí lá galánta againn, buíochas do Dhia, lá a mbeidh cuimhne againn air go ceann i bhfad. Agus anois déanadh gach duine agaibh deifir chun an bhaile, agus téadh sé a luí go luath sa dóigh is go mbeidh sibh in ann éirí ar maidin le bheith in am ag an scoil.'

Thóg siad gáir amháin eile, agus ansin scaip siad soir agus siar. Go fáilí a tharraing Seoirse an t-orgán béil amach as a phóca.

'Scilling a thug mé air. Ceann maith atá ann – *Hohner*. Tá ceithre scillinge fágtha agam.'

'Nach deas é?' arsa Bríd. 'Shílfeá gur d'airgead a bhí sé déanta. An dtig leat seinm air?'

'Ní thig go fóill,' arsa Seoirse, agus bhí leisce air é a chur lena bhéal os coinne na gcailíní, ó tharla nach dtiocfadh leis ceol a bhaint as.

'Taispeáin dom bomaite é,' arsa Bríd.

Shín sé chuici é, chuir sí cúpla séideog air, agus ansin

thoisigh sí a sheinm. 'Ó Domhnaill abú' a sheinn sí ar dtús, agus ansin sheinn sí streancán de 'Go saora Dia Éire.'

'Níl sé sin agam go fóill,' arsa sise.

'Is tú atá maith,' arsa Seoirse, 'ba mhaith liomsa a bheith in ann a sheinm mar sin.'

'Níl ann ach an cleachtadh. Ní bheidh tú i bhfad ag teacht isteach air.'

'Ba dhoiligh dom a bheith chomh maith leatsa,' arsa Seoirse, 'tá an ceol ó dhúchas ionatsa.'

Bhí an ceart ag Seoirse sa mhéid sin. Bhí muintir Bhríde gairthe as an cheol. Bhí bosca ceoil ag an athair agus bhíodh sé ag seinm ag na rincí sa gheimhreadh, agus ba dhamhsóir an mháthair ina hóige. Bhíodh an t-athair i gcónaí ar thús cadhnaíochta nuair a bhíodh cruinniú mór sa pharóiste, nó cumann náisiúnta inteacht le cur ar bun, mar bhí bua na cainte aige chomh maith. Fear ar leith a bhí ann gan bhréag. B'fhurasta tabhairt isteach dó sin. Ach deireadh cuid de na comharsa go mb'fhearr a d'fhóirfeadh sé dó níos mó ama a chaitheamh ar a ghiota bheag talaimh, ná bheith ag imeacht le haer an tsaoil. Ach cha dtug sé riamh aon aird ar chaint den chineál sin.

'Níl mórán maith ionam go fíor,' arsa Bríd, 'dá gcluinfeá m'athair ag gabháil do cheann acu.'

'Agus an bhfuil d'athair ábalta orgán béil a sheinm chomh maith?' arsa Seoirse.

'Níl gléas ar bith ceoil nach bhfuil m'athair in ann a sheinm,' arsa Bríd go bródúil, 'an bosca ceoil, an fhidil, an fheadóg, an phíb.'

'Thig leis an phíb uilleann a sheinm fosta,' arsa Eibhlín.

'Thig,' arsa Bríd. 'Bhí fear as Baile Átha Cliath ag seinm ar an ghléas sin uair amháin ag coirm cheoil ar an Chaisleán Nua oíche na feise tá a fhios agat – agus thóg m'athair an gléas, agus thoisigh sé a mhéaradóireacht air, agus i gceann nóiméid nó dhó bhí sé ag baint ceoil as ar dhóigh a chuir ionadh ar fhear Bhaile Átha Cliath.'

'Tá mé cinnte gur bhain,' arsa Seoirse, 'agus tá an bua céanna agatsa.'

'Go deimhin chan fhuil,' arsa Bríd, 'níl agam ach cúpla fonn,' agus chuir sí an uirlis lena béal arís agus sheinn 'Ó Domhnaill Abú arís.'

'Is deas an port é,' arsa Seoirse, 'ach is fearr duit é a thabhairt dom anois, ar eagla go gcluinfeadh m'athair an ceol. Níor mhaith leis sinn a bheith ag déanamh ceoil ar an Domhnach.'

Bhí siad ag tarraingt aníos ar theach Sheoirse anois, agus thug Bríd an t-orgán béil ar ais dó, agus thoisigh siad a chomhrá os íseal.

'Níl ann ach an cleachtadh,'' arsa Bríd leis arís, 'ní bheidh tú i bhfad a fhoghlaim. Slán leat, a Sheoirse.'

Sheas an triúr cailín nóiméad ag gabhal an bhealaigh mhóir sular scar siad.

'Nár dheas an chulaith a bhí ar Iníon de Standún,' arsa Bríd.

'Ba dheas,' arsa Máire, 'ach ba dheas fosta an chulaith a bhí ar Iníon Uí Raghallaigh.'

'Och, ba dheise i bhfad culaith Iníon de Standún. Is as Baile Átha Cliath dise. Agus nach deas mar a labhraíonn sí?'

'Is deas,' arsa Máire, 'ach ní thiocfadh liomsa comhrá a dhéanamh léi mar a ghní tusa, bheadh faitíos orm.'

'Cha bhíonn faitíos ná cotadh ormsa,' arsa Bríd, 'theagasc m'athair domsa i gcónaí gan a bheith faiteach. "Ná bí dána ná dímhúinte in am ar bith," a deir sé, "ach ná bíodh eagla ort freagra a thabhairt ar dhaoine nuair a chuireann siad forrán ort."

'Tá d'athair maith ag caint,' arsa Máire.

'Tá,' arsa Bríd, 'ba mhaith liomsa a bheith i mo

mhúinteoir cosúil le hIníon de Standún.'

'Agus beidh tú,' arsa Máire.

'Och ní dóigh liom go mbeidh,' arsa Bríd, 'níl an t-airgead againn ar a shon sin. Ach 'bhfuil airgead ar bith fágtha agat?'

'Tá, ceithre pingine,' arsa Máire.

'Is maith sin, tá trí pingine fágtha agam féin. Cuirfidh mé an méid sin i dtaisce, agus cuir tusa do chuidse i dtaisce fosta.'

'Cuirfidh,' arsa Máire.

'Níl oiread is leathphingin rua fágtha agamsa,' arsa Eibhlín.

'Róshantach a bhí tú,' arsa Bríd, 'ag ceannach achan rud le sá i do bhéal. Tá an t-ádh ort, a Mháire, go bhfuil tú a chóir baile, tá mé féin tuirseach i gceart, ach bhí lá mór againn. Is mithid dúinn a bheith ag dul ar aghaidh. Slán agat, a Mháire.'

'Slán libh.'

Nuair a tháinig Máire go dtí an geata ní raibh Eoin ná an madadh ag fuireach léi. Bhí sí ag déanamh gur ina luí a bheadh Eoin fán am seo. Ag léamh páipéar na seachtaine a bhí a hathair nuair a chuaigh sí isteach chun tí, agus ag léamh *Ireland's Own* a bhí a leasmháthair.

'Tháinig tú,' arsa an t-athair. 'Bhí lá mór agaibh, creidim.'

'Bhí,' arsa Máire.

'Beidh ocras ort anois,' arsa an leasmháthair, agus thoisigh sí a dhéanamh réidh braon tae di.

'Bhí an fear beag ag fanacht leat ag an gheata go dtí leathuair an chloig ó shin. Bíodh geall go bhfuil sé ina chnap codlata anois,' arsa an t-athair.

Chuaigh sí siar sa seomra, agus b'fhíor dá hathair. Bhí Eoin ina luí go ciúin, a dhá lámh sínte amach i bhfoirm croise, agus mar bheadh meangadh beag gáire ar a bhéal. D'fhág sí an liathróid ar thaobh amháin de agus an bata milis ar an taobh eile, agus ansin rinne sí rud nach ndearna sí le fada, chrom sí anuas agus phóg sí clár a éadain. Théaltaigh sí amach. D'ól siad uilig tae, agus thug Máire mionchuntas ar an turas, fá na máistreásaí, fán mháistir agus fá na scoláirí go léir a bhí leo.

'Is deas an duine an máistir,' arsa an t-athair, 'bheir sé aire mhaith dá chuid scoláirí.'

'Caidé eile atá le déanamh aige?'' arsa bean an tí. Ansin tharraing an t-athair air Diní Ó hAilpín. Bhí sé leis chun an bhaile ón Aifreann.

'Sé bhí sé a rá liom,' ar seisean, 'go bhfuil gramafón aige.'

'Nach beag ciall atá aige,' arsa a bhean.

'Sin an rud a ba mhian liom féin a rá leis,' arsa an t-athair, 'ach níor mhaith liom an ghoineog a thabhairt dó. Agus caidé bhur mbarúil ach gur dhúirt sé liom go dtabharfadh sé aníos anseo oíche inteacht é go gcluinfimis é.'

'Ar scor ar bith, níl sé olc fá dtaobh de,' arsa bean an tí.

'Maise ní raibh urchóid ar bith ariamh i nDiní,' arsa an t-athair.

Nuair a bhí siad réidh, chuaigh Máire amach agus suas léi go barr an chabhsa. Bhí sí tógtha ina meanmna ón lá, agus shíl sí gur mhaith léi ligean dá hintinn síothlú i bhfionnuaireacht an tráthnóna. Shuigh sí ar an chlaí de chois an bhealaigh mhóir. Bhí an oíche ag teacht ach bhí gileacht mheán an tsamhraidh sa spéir, agus ar an ábhar sin ní raibh ainmhithe beaga na coille ná éanacha an aeir ina dtost go fóill. Anois agus arís chluinfeá truisneach fá na sceacha agus d'imeodh lon dubh ar eiteoga ag scréachaíl go hard. Thuas ar Shliabh na Slat bhí corruan ag méiligh go hantráthach. Tháinig duine aníos an bealach mór. Cé a bhí ann ach sean Isibéal. Nuair a d'aithin Máire í, d'éirigh sí ina seasamh, agus ba dhóbair di rith chun an bhaile, ach chuir rud inteacht stop léi.

'Caidé atá tú a dhéanamh ansin leat féin fán am seo d'oíche,' arsa seanIsibéal, 'nár cheart go mbeifeá i do luí i bhfad ó shin? Agus tá mé ag déanamh go bhfuil leaba dheas cluthar agat, rud nach bhfuil agamsa. Níl agamsa ach seansráideog i mo sheanbhothán taobh thuas den choill. Maise nach tú atá ag éirí aníos i do chailín bhreá dhathúil, beannú ort. Is gearr go raibh fear de dhíth ort.' Nuair a dúirt sí sin, tharraing Máire coiscéim nó dhó ar gcúl uaithi, agus rinne Isibéal draothadh de gháire bheag thirim.

'Ná bíodh eagla ar bith ort, a chailín mhaith,' ar sise, 'ná bíodh eagla ort romhamsa. Ní bhainfinnse díot. Maise is breá an cailín tú, is breá go deimhin. Ní bheidh moill ar bith orthu fear a fháil duit.'

D'imigh sí léi. Ag dul suas an mhala di, cé a chasfaí uirthi ach Seoirse a bhí i ndiaidh canna bainne a fhágáil ag Anna Mhór. Chuir sí forrán air, ach ba léir do Mháire nár fhan sé i mbun comhrá aici, mar thrasnaigh sé go dtí an taobh eile den bhóthar, agus shiúil ar aghaidh anuas. Ní sásta a bhí seanIsibéal leis, agus sheas sí tamall ar an mhala ag scairteadh leis.

'Nach í an diabhal ceart í,' arsa Seoirse nuair a tháinig sé 'fhad le Máire, 'is aici atá an drochtheanga.'

'Níl dúil ar bith agam inti,' arsa Máire.

'Ná agamsa,' arsa Seoirse,' ach tá sí ar shiúl chun an bhaile anois. Sílim go dtig liom cúpla nóta de "Ó Domhnaill Abú" a sheinm,' ar seisean agus chuir sé an t-orgán béil lena phuisíní agus thoisigh ag iarraidh ceol a bhaint as.

'Sin é,' arsa Máire, 'sin é, ní bheidh tú i bhfad ag teacht isteach air,' ach leis an fhírinne a rá níor aithin sí cuid ar bith den phort nó d'aon phort eile.

''Raibh siad sásta nuair a chuala siad gur ghnóthaigh tú an duais?' arsa Máire.

'Bhí.'

'Caidé atá tú ag brath a cheannach leis an chuid eile den airgead?'

'Thug mé do m'athair é, d'iarr sé orm é,' arsa Seoirse. 'Dúirt sé go gcuirfeadh sé é leis an chéad phéire eile bróg a bheadh sé a cheannach dom.'

' 'Och!'

'Ní raibh mé ag smaoineamh ar rud ar bith a cheannach leis cibé ar bith.'

'Mar sin féin, ba dheas an rud é a bheith agat.'

'Ba dheas, admhaím sin, ach tá an t-orgán béil agam.'

'Tá.'

'A Sheoirse?'

'Caidé?'

'Bhí áthas orm gur tusa a bhain an rás,' agus nuair a dúirt sí sin, bhí a fhios aici gur le sin a rá leis a tháinig sí amach, go raibh sí míshásta leis an chomhrá a bhí acu ag teacht ón traein dóibh.

Leathnaigh gáire beag trasna a aghaidhe chomh réidh le solas na gealaí ag briseadh thar néal.

'Bhí a fhios agam go mbeadh áthas ortsa, a Mháire,' ar seisean, agus níor dhúirt sé níos mó ná sin, ach shiúil leis, agus é ag iarraidh fonn a bhaint as an orgán béil. D'fhan Máire tamall ag amharc ina dhiaidh. D'éirigh réalta os cionn Lag na Coille. Tháinig siorradh beag fuar anuas ón tsliabh. Rith sí síos an cosán chun tí go gasta, ach bhí sonas ina cliabh.

'FÉADANN TÚ gan dul chun na scoile inniu,' arsa an leasmháthair le Máire cúpla lá ina dhiaidh sin, 'ba mhaith liom tú cúpla teachtaireacht a dhéanamh dom ar an bhaile mhór. Beidh an t-aonach ann inniu, ach ní thig liom féin a dhul ann. Tá obair le déanamh agam fán teach.'

Chuir an scéala seo ionadh ar Mháire, mar nár iarradh

uirthi riamh roimhe dul chun an aonaigh, agus ba mhó an t-ionadh a bhí uirthi, nuair a dúirt a leasmháthair caidé a bhí le fáil aici. Leathphunt de thae mhaith. Dúirt sí go raibh sé seo de dhíth uirthi d'athair Mháire, nach raibh blas ar bith ar an tae a bhí siad a choinneáil anois ar an tsráidbhaile. Leathphunt cáise, agus pota subha, agus leathphunt brioscaí. Dúirt a leasmháthair go mbeadh Diní Ó hAilpín ag teacht aníos leis an ghramafón, agus nár mhaith léi go mbéarfaí gairid uirthi nuair a thiocfadh sé. Thug sí réal do Mháire le milseáin a cheannach di féin.

Ní raibh Máire i bhfad ag fáil na n-earraí a bhí de dhíth uirthi, agus ansin thoisigh sí a dhul thart ar na botha a bhí curtha ina seasamh ag lucht ceannaíochta i lár an bhaile mhóir. Bhí gach cineál rud á dhíol; éadaí, soithí, úmacha, acraí agus uirlisí, torthaí agus milseáin. Bhí na sluaite daoine ag brú a chéile thart ar na botha agus iad ag éisteacht le béarlagair na gceannaithe. Sheas Máire tamall ag éisteacht le fear mór ramhar a bhí ag díol úmacha. Bhí deis a labhartha aige, agus bhí sé ag baint na ngáirí as a lucht éisteachta. Ní raibh i bhfad go dtug Máire faoi deara gur fir amháin a bhí ina thimpeall, agus d'imigh sí suas an tsráid giota.

Cheannaigh sí luach dhá phingin de mhilseáin ildathacha ag seastán amháin. Bheadh a sáith aici féin sa mhéid sin, agus go leor fá choinne Eoin. Ansin thoisigh sí a bhaint lán a dhá súl as na cairn de thorthaí bréatha a bhí fear eile a dhíol. Ba dheas léi na húlla fíordhearga a bhí aige. Bhí siad ag cur uisce fána fiacla. Sé pingine an punt a bhí orthu. Dhearc sí ar an méid airgid a bhí fágtha aici. Chuntais sí é arís agus arís eile, cé go raibh a fhios aici nach raibh ach na ceithre pingine aici. Chaithfeadh sí cuimhneamh ar an rothar. Chaithfeadh sí cuid den airgead a chur i dtaisce, nó ní bheadh sí ag comhlíonadh an ghealltanais a thug sí do Bhríd. Mar sin féin, mura gceannódh sí ach leathphunt, bheadh pingin fágtha aici, agus thiocfadh léi sin a chur i dtaisce. Ní raibh sí ag súil le hairgead ar bith a fháil an lá sin ar scor ar bith. Cheannaigh sí na húlla, agus chuir ina mála iad. Bhí an mála chóir a bheith ag cur thar maoil anois, agus bhí sí réidh le himeacht chun an bhaile. Ach thug sí cuairt ar theach an phobail sular bhuail sí an bóthar chun an bhaile. An mháistreás a dúirt leis na cailíní nár cheart dóibh imeacht as an bhaile mhór in am ar bith gan a gcuid paidreacha a rá i dteach an phobail.

Chomh fionnuar is a bhí sé fá dhíon ard na heaglaise i bhfarradh agus chomh te is bhí sé amuigh ar shráid an aonaigh, agus tú ag iarraidh do bhealach a dhéanamh fríd an slua mhór daoine. Chomh ciúin, suaimhneach is a bhí sé. Shílfeá go dtiocfadh leat an ciúnas a mhothú le do lámha. Bhí sé mar a bheadh sé ina luí ar an aer, ag tonnadh anuas as na flaithis. D'fhan Máire i gceann de na suíocháin chúil mar nár bhinn léi an torann a bhainfeadh a cuid bróg trom as cláir an urláir. Dúirt sí a cuid urnaí go dúthrachtach, agus í ag coimhéad ar lampa na haltóra, agus ní dhearna sí dearmad guí ar son a máthar. Bhí a súile sáite i solas an lampa, agus b'éigean go ndeachaigh sí a mhíogarnaigh nóiméad nó dhó, nó baineadh cliseadh aisti go tobann. Scairt ghéibheannach a scanraigh an t-anam inti. Thug sí léim ina seasamh, agus gan a fhios aici caidé a ba cheart di a dhéanamh, mar nár mhaith léi rith amach as teach an phobail. D'fhan sí ansin agus í ar bharr amháin creatha. Ansin chuala sí an scairt an dara huair, ach má chuala, chonaic sí an iarraidh seo cá as a dtáinig sé. Bean bheag a bhí ar a glúine ag taobh na crannóige a lig an scairt. Bhí sí ag guíodóireacht go crua, agus ó am go ham chaitheadh sí amach a dhá láimh agus d'agraíodh sí Dia go hard acaointeach. Mar gheall ar í a bheith ag scáth na crannóige ní thug Máire faoi deara í ar dtús i mbreacsholas na heaglaise. Ba mhór an faoiseamh a thug sé sin di.

Choisric sí í féin go gasta, agus bhain as amach.

Nuair a bhí sí taobh amuigh den bhaile mhór giota, stad sí agus d'fhoscail an mála úll. Nár dheas iad? Nár dhearg iad? Thóg sí ceann acu agus thug iarraidh greim a bhaint as. Ach chuaigh a fiacla go doimhin ann, bhris sé agus rith an uisciúlacht a bhí ann anuas a smigead agus thit ar a hucht. Bhí ionadh uirthi. Dhearc sí ar an úll. Ní fhaca sí ceann cosúil leis riamh roimhe. Chaith sí uaithi é, agus d'fhéach ceann eile. Bhí sé mar an gcéanna. Chuir sí a teanga isteach ann go mblaisfeadh sí é. Níor thaitin an blas léi ar chor ar bith. Ní milis a bhí sé mar a ba cheart d'úll dhearg a bheith. Nár mhillteanach an dóigh a suífeadh gadaithe sin an aonaigh i do bhun. Tháinig samhnas uirthi. Chaith sí uaithi an mála i gcúl an chlaí. Nár mhaith gur cheannaigh sí na milseáin?

Rinneadh stangaire di nuair a chuaigh sí isteach sa chistin. Is ar éigean a d'aithneodh sí ó mhaidin é. Bhí deil ar achan rud. Bhí an drisiúr nite glan, agus loinnir as na plátaí agus as na soithí. Bhí cuirtíní úra muislín ar na fuinneoga, agus bhí an bac ar dhá thaobh na tine chomh geal le sneachta na haonoíche.

'Tá an teach galánta,' ar sise le tréan iontais.

'An deas leat é?' arsa an leasmháthair. 'Shíl mé go réiteoinn suas rud beag é. Beidh Diní Ó hAilpín ag teacht isteach anocht leis an ghramafón, é féin agus b'fhéidir cúpla duine eile. 'Bhfuil an gasúr sin ag cagnadh milseán arís? Ach ní bhfuair tú do dhinnéar go fóill. Tá sé anseo agam fá do choinne sa sáspan.'

I dtrátha a hocht den chlog a tháinig Diní. Bhí cara leis, fear óg a raibh Micí Mac Maoláin air. Bhí bosca mór fána ascaill le Diní, agus bhí adharc mhór ghlas ina láimh le Micí.

'Tá sé libh, a bhuachaillí,' arsa fear an tí.

'Tá go deimhin,' arsa Diní go mórtasach, 'cluinfidh sibh

ceol anocht, mura gcuala sibh riamh roimhe é.'

'Is iontach an meaisín é seo, ceart go leor,' arsa Micí.

D'fhág Diní an bosca ar an tábla, agus chrom Micí a shocrú na hadhairce air.

'Níl deifir ar bith oraibh, a bhuachaillí,' arsa fear an tí, 'suígí agus déanaimis ár gcomhrá ar dtús.'

'Seinnfimid greas de anois,' arsa Diní. 'Amharc ar an bheirt sin agus na súile ag léimnigh amach as a gceann le fiosracht. Níor mhaith liom mealladh a bhaint astu.'

'Maith go leor,' arsa fear an tí, 'bíonn páistí mífhoighdeach i gcónaí, agus ní thig leis an ghasúr fanacht rófhada ina shuí cibé ar bith.'

Chas Diní an hanla, agus thoisigh an gramafón a sheinm. Ceol a sheinn sé ar dtús, port Gaelach, agus leoga ba scréachach an streancán a tháinig ón ghléas. Ach nuair a bhí deireadh leis an phort, níor fhág bunadh an tí fuíoll molta ar an cheol.

'Ba ghasta an damhsóir a choinneodh coiscéim leis an phort sin,' arsa fear an tí.

'Nach galánta é,' arsa bean an tí.

'Ar thaitin sé leat, a Eoin?' arsa Diní, ach bhí Eoin róchotúil le freagra a thabhairt air, agus chuaigh sé i bhfolach i gcúl Mháire.

'Ar thaitin sé leatsa, a Mháire?' arsa Diní ansin.

'Thaitin,' ar sise, 'ach ba mhaith liom é a chluinstin ag caint.'

'Maith mo ghirseach thú,' arsa Diní, 'agus cluinfidh tú ag caint é i gceann bomaite.'

Ach leis sin tháinig duine eile chun tí. Anna Mhór a bhí ann, agus í ag titim ar a bata.

'Maise, maise, a Anna, ach tá fáilte romhat. Gabh aníos anseo. Tá áthas orm a fheiceáil go bhfuil tú ar do sheanléim arís.'

'Ní ar mo sheanléim atá mé ar chor ar bith, ach nuair a chuala mé go mbeadh an bosca cainte anseo anocht, dar liom go gcaithfinn teacht anall, dá mba ar na ceithre boinn féin a thiocfainn, mar b'fhéidir nach bhfaighinn an dara faill é a chluinstin. Níl ann ach go bhfuil mé ábalta na cosa a tharraingt i mo dhiaidh.'

'Och, dá mbíodh a fhios agam sin, bhéarfainn suas chugat féin é oíche inteacht,' arsa Diní.

'Tá a fhios agam go dtabharfá, a Diní, ach ní ligfinn duit a leithéid de thrioblóid a chur ort féin. Ach tá mé réidh anois,' ar sise i ndiaidh di í féin a shocrú sa chathaoir de chois na tine, 'féadann tú é a chur ar obair anois.'

Chuir. Amhrán a chuala siad an uair seo, 'Mother Machree.'

'Nach iontach an rud é. Shílfeá gur istigh sa bhosca a bhí an fear a bhí ag canadh.'

'Ní istigh sa bhosca, ach ina shuí ar an bhosca a bhí sé,' arsa Diní ag gáire.

'Tá áthas orm go bhfuil Éire ag coinneáil céime le náisiúin eile, agus go bhfuil sí ag fáil gach gléas nua,' arsa Anna Mhór a raibh tamall caite aici thall i Meiriceá. 'Is cuimhin liom nuair a bhí mé i mo chónaí i Nua Eabhrac go raibh uisce píopa acu sna tithe uilig.'

'Fan go gcluine tú seo, a Anna,' arsa Diní, 'agus déanfaidh tú dearmad den uisce a bhí agat sna píopaí i Nua Eabhrac!'

Chuir sé pláta eile ar an ghramafón, agus caidé a bhí aige ach 'An Danóib Ghorm,' agus i gceann nóiméid bhí a raibh istigh fá dhraíocht ag rithim luascánach suanmhar an fhoinn sin. Thoisigh Anna Mhór féin a longadán anonn agus anall leis. Agus go tobann shín Diní amach a lámh go bhfuair greim ar Mháire, agus tharraing amach ar an urlár í, agus ainneoin go raibh sí rud beag anásta ar dtús níorbh 'fhada go raibh sí féin agus Diní ag casadh timpeall na cistine ar dhóigh a chuirfeadh aoibhneas ar do shúile.

'Anois,' ar seisean le hAnna nuair a thost an ceol, 'ní fhaca tú níb 'fhearr ná sin thall i Nua Eabhrac féin.'

'Rinne sibh sin go deas,' ar sise, 'admhaím sin, ach dá bhfeicfeá na rincí a bhíodh againn thall! Dá bhfeicfeá an halla mór, agus na mná uilig gléasta go galánta, agus cultacha dubha ar na fir uilig! Bhainfeadh sé an t-amharc as an tsúil agat. Agus an ceol a bhíodh againn!'

'Bhal,' arsa Diní, 'chuir muid i gcuimhne duit é, ar scor ar bith,' agus rinne Anna Mór féin gáire. Le sin mothaíodh coiscéim throm ar leac na tairsí, fosclaíodh an doras, agus cé a tháinig isteach ach Roibeard.

'Shílfeadh duine gur bainis nó baisteadh a bhí ar siúl anseo,' arsa seisean, 'cé nach raibh a fhios agam go raibh údar a leithéid de chomóradh agaibh.'

'Maise is fada go raibh oíche dála sa teach seo,' arsa fear an tí, 'ach tá fáilte romhat, a Roibeaird, gabh ar d'aghaidh.'

'Ag éisteacht leis an ghramafón atáimid,' arsa Anna.

'Sin an rud a chuala mé,' arsa Roibeard, 'agus tháinig me féin aníos, go gcluinfinn cúpla scread as. Cuir ar obair anois é, a Diní,' ar seisean.

Sheinn Diní 'An Danóib Ghorm' arís, agus d'éist Roibeard leis go haireach. Nuair a bhí deireadh leis an phort, ar seisean. 'Bhí sin deas, bhí gan amhras, ach creidim go dtig leis caint a dhéanamh. Ba mhaith liom é a chluinstin ag caint.'

Rinne Diní gáire, agus chuir sé 'Mother Machree' á sheinm arís.

Nuair a bhí an t-amhrán ráite, d'éirigh Roibeard, dhearc sé isteach i mbéal na hadhairce, agus ar seisean, 'Tá diabhlaíocht inteacht á oibriú, tá diabhlaíocht inteacht á oibriú.' Ansin thug sé a aghaidh ar an doras.

'Ní ag imeacht a bheifeá, a Roibeaird,' arsa fear an tí,

'suigh go n-ólaimid cupán tae.'

'Ní fhanfaidh mé níos faide. Ní ólaim tae ag an am seo den oíche, go raibh maith agat.'

'Nár mhaith leat píosa eile ceoil a chluinstin?' arsa Diní.

'Níorbh é an ceol a theastaigh uaim a chluinstin, ach an chaint ag teacht as an bhosca sin, agus nuair a chuala mé sin, chuala mé go leor, a Diní. Beidh mé ag imeacht anois.' Agus d'fhoscail sé an doras agus d'imigh leis, agus é ag monamar leis féin fá dhiabhlaíocht inteacht a bheith á oibriú.

Chaith siad suipéar ansin, tae agus arán agus im, agus subh. Bainne a d'ól Eoin agus nuair a bhí sé ólta aige, agus canta mór aráin agus subh ite aige, bhí sé in am dó dul a luí. Máire a chuir a luí é, a chuidigh leis a chuid paidreacha a rá mar a ba ghnách léi, agus nuair a bhí sí ag imeacht uaidh, ar seisean léi, 'Fág an doras foscailte sa dóigh is go bhfeicfidh mé an solas agus go gcluinfidh mé an ceol.'

'Fágfaidh,' ar sise.

Agus nuair a bhí sí go díreach ag dul amach as an seomra, scairt sé uirthi, agus ar seisean, 'An bhfuil fear beag bídeach istigh sa bhosca, a Mháire?'

Rinne Máire gáire. 'Níl,' ar sise, agus ansin mar a bheadh sí i ndiaidh athsmaoineamh a dhéanamh. 'Ní shílim go bhfuil, ní shílim go bhfuil.'

Nuair a tháinig Máire amach chun na cistine arís, bhí an tae thart, agus bhí Anna Mhór ag rá le Diní gur cheart dó cúpla greas eile a thabhairt dóibh ar an ghramafón.

'Cén ceann a sheinnfeas mé daoibh an iarraidh seo?' ar seisean.

'An Danóib Ghorm,' ar sise, 'ní éireoinn tuirseach choíche den phort sin. Bheir sé Nua Eabhrac i mo cheann i gcónaí. Féadann tú féin agus Máire rince a dhéanamh arís.'

'Maith go leor,' arsa Diní, agus chuir sé pláta 'An Danóib Ghorm' ar an ghléas arís, agus thug Máire amach ar an urlár.

Níor bhain Máire pléisiúr ar bith as an rince sin, cé gurbh fhearr a bhí coiscéim ag teacht léi ná den chéad uair. Bhí a hintinn fríd a chéile. Ní thiocfadh léi a thuigbheáil cad chuige nár chuir a leasmháthair aon chuid den cháis nó de na brioscaí amach ar an tábla nuair a rinne sí an tae. Agus thug sí faoi deara nár bhain sí úsáid as an tae maith a fuair Máire an lá sin ar an bhaile mhór. Bhí an paicéad gan briseadh sa drisiúr go fóill. Agus nuair a chuaigh sí a luí i ndiaidh do na cuairteoirí imeacht, b'fhada a bhí an codladh ag teacht. Agus nuair a tháinig, ba chorrach a chodail sí, ná bhí sí ag brionglóidigh i rith na hoíche fá cheol agus rince, agus fá Roibeard. Agus chonacthas di aon uair amháin go raibh Roibeard sa tóir uirthi féin agus ar Eoin agus é ag bagairt bata orthu, agus bhí sé ag teacht suas leo, agus bhí sé ag fáil greim ar Eoin mar nach dtiocfadh le hEoin rith gasta go leor, agus ní raibh Máire ábalta é a tharraingt léi, agus go díreach nuair a bhí a bhata tógtha os cionn Eoin aige, mhúscail sí, agus ní raibh a fhios aici cé acu a bhí sí i ndiaidh a bheith ag scairteadh, 'Eoin, Eoin,' go fíor nó nach raibh. Ach bhí sí ar crith le heagla.

Ach lá arna mhárach bhí dearmad déanta aici de thromluí na hoíche, agus bhí go leor le hinse aici dá cairde ar scoil fán siamsa, fán ghramafón agus fán rince a rinne sí féin le Diní Ó hAilpín. Ní raibh d'ábhar comhrá aici ach sin, agus í féin agus Bríd ag teacht chun an bhaile tráthnóna.

'Thig liomsa waltz a dhéanamh,' arsa Bríd, 'm'athair a theagasc dom é. Scoth rinceora m'athair. Mar seo a théann sé,' agus thoisigh sí a chasadh thart ar an bhealach mhór.

'Ach is galánta an rinceoir Diní Ó hAilpín, casann seisean deiseal agus tuathal.'

'Thig liomsa sin a dhéanamh fosta,' arsa Bríd, agus thoisigh sí a chasadh tuathal. 'Caithfidh mé a rá le m'athair cuireadh a thabhairt do Diní an gramafón a thabhairt aníos tigh s'againne oíche inteacht. Tá urlár clár againn sa pharlús, agus bhéarfaidh mé cuireadh duitse teacht aníos fosta, a Mháire.'

'Ba mhaith liom sin, a Bhríd,' arsa Máire.

Fan am seo bhí siad cóngarach do theach Neansaí, bean Shéamais Uí Ainbhith, agus nuair a thug Bríd sin faoi deara, arsa sise. 'Caithfidh mé a bheith faichilleach. Níor mhaith liom go dtiocfadh Neansaí amach orm.' Agus go díreach leis sin, cé a thiocfadh amach ar an bhóthar rompu, ach Neansaí í féin. Dhruid Bríd i leataobh, mar a bheadh sí ag iarraidh a seachaint, agus lean Máire í, ach labhair Neansaí, agus ar sise. 'Ná bígí ag teitheadh. Níl mé ag dul a bhaint daoibh, ach ba mhian liom labhairt le Máire anseo. 'Raibh a fhios agat go raibh do mháthair mhór le teacht ar cuairt chugaibh inniu?'

'Ní raibh,' arsa Máire.

'Bhal, bhí sí anseo. Tá sí ar shiúl arís, agus thug sí Eoin léi ar carr. Bhí sé ag béicigh ag dul thar seo dóibh.' Agus thiontaigh Neansaí agus isteach chun tí léi arís.

D'amharc Máire ar Bhríd, agus cuma scanraithe uirthi. D'éirigh sí bán san aghaidh go tobann, agus mhothaigh sí tinneas i mbéal a goile. Shíl sí go raibh sí ar tí titim i laige, ach níor thit. Bríd a labhair ar dtús, agus ar sise, 'Ná bíodh buaireamh ort, a Mháire.' Agus ansin bhris an racht ar an chroí óg, agus lig Máire screadach léanmhar aisti. 'Eoin, Eoin,' ar sise, 'Eoin, Eoin,' agus tháinig na deora ina bhfrasa, agus ansin thoisigh sí a rith, a rith chun an bhaile mar a bheadh duine mire ann.

'Cá bhfuil Eoin?' ar sise. 'Cá bhfuil Eoin?' nuair a bhain sí an teach amach, agus a hucht á réabadh nach mór leis an ghearranáil. Bhí a hathair, chomh maith lena leasmháthair istigh, agus d'éirigh seisean agus ar seisean,

'Go réidh leat anois. Níl cúis ar bith buartha agat. Ní

bheidh Eoin ar shiúl ach tamall beag.'

'Ní thiocfaidh sé ar ais,' ar sise, 'ní thiocfaidh sé ar ais go deo,' agus bhí an osnaíl á plúchadh. 'Thug sibh di é, níor theastaigh uaidh imeacht, ní thiocfaidh sé ar ais go deo.'

'Bíodh ciall agat, a chailín,' arsa an t-athair, 'bíodh ciall agat, beidh sé ar ais.'

'Ní bheidh,' arsa Máire, 'ní bheidh sé ar ais. Tá a fhios agam anois go raibh sé uilig socair agaibh. Ach rachaidh mé ina dhiaidh, rachaidh mé ina dhiaidh. Caithfidh mé Eoin a fháil ar ais.' Agus rith sí amach as an teach agus suas an cabhsa, agus í ag caoineadh go hard acaointeadh. Tháinig an t-athair suas léi sular shroich sí an bealach mór, agus fuair greim sciatháin uirthi. Thug sí iarraidh fhíochmhar í féin a scaoileadh uaidh. Tháinig fearg air, agus bhuail sé a bhos chrua fríd an leacain uirthi. Thit sí ina cnap, agus d'iompair sé chun tí í, agus d'fhág ina luí ar a leaba í. Tháinig sí chuici féin go gasta, ach luigh sí ansin ag caoineadh agus ag osnaíl. Sa deireadh fuair an codladh a bua. Nuair a mhúscail sí bhí sé a chóir an lae, ach bhí an leasmháthair ina suí ag colbha na leapa. Labhair sí le Máire agus ar sise, 'Ní mise ba chiontaí leis, ní mise ba chiontaí leis. Ní mise a chuir ar shiúl é. Shocair siad eatarthu féin é. Tá do mháthair mhór ag iarraidh Eoin leis na blianta. Níl aon duine aici. Ní mise a chuir ar shiúl é.' Thost sí. D'ardaigh Máire í féin aniar sa leaba, agus stán sí uirthi nóiméad gan focal a rá. Ansin luigh sí siar arís, agus chor a ceann in aice an bhalla.

Ba mhalltriallach a chuaigh an samhradh thart, ainneoin go raibh go leor le déanamh ag Máire le linn na laethe saoire féin. Bhíodh sí ag timireacht fán teach, ag cabhrú lena leasmháthair, ag cothú na gcearc agus an dá mhuc a bhí acu, ag dul fá choinne uisce, ag déanamh teachtaireacht d'Anna

Mhór, agus ag obair sna cuibhrinn. Bhíodh sí ag rácáil féir agus ag casadh súgán nuair a bhí a hathair ag déanamh cocaí. Agus nuair a thoisigh sé ar an choirce a bhaint, Máire agus a leasmháthair a bhíodh ag ceangal dó. D'oibrigh sí go crua agus go tostach, gan pléisiúr ar bith a bhaint as an obair. Blianta eile bhaineadh sí pléisiúr as an fhómhar, ach bhí sí neamhshuimiúil ann an bhliain seo. Ba ghéar a bhí sí ag crothnú Eoin i rith an ama. Níor labhair sí riamh fá dtaobh de, níor luaigh sí a ainm riamh lena hathair nó lena leasmháthair ó chuir sí an racht di an lá a chuala sí go raibh sé sciobtha ar shiúl uaithi, ach bhí goin mhór ina cliabh, agus ba mhaith a thuig siadsan go raibh. Ní raibh fuath aici dóibh de bharr an rud a bhí déanta acu, ach bhí a fhios aici nach dtéifeadh a croí leo go brách. Le linn na laethe saoire go háirithe, ní thiocfadh léi Eoin a chur amach as a ceann. Ba chuimhin léi an dóigh a mbíodh sé i gcónai ina cosamar blianta eile ag an am sin. Bhíodh sé léi i gcónaí nuair a bhíodh sí ag tabhairt amach tae dá hathair sa pháirc. Ba mhór a thaitneodh sé sin leis, agus léi féin chomh maith, mar d'óladh siad féin tae i gcuideachta an athar. Chuireadh sí cupa di féin sa bhascaed, agus muga beag Eoin. Ní bhfaigheadh Eoin tae am ar bith eile, agus shíl sé gur fear mór a bhí ann féin nuair a bhí sé ina shuí ar scáth choca láimhe, agus a mhuga ina dhorn. Ba chuimhin léi fosta an spórt a bhíodh acu nuair a bhíodh stucaí i gcuibhreann an choirce. Chaithfeadh sí folachán a imirt leis, cé nach raibh ann ach an bheirt acu. Agus bhí na sméara dubha ag aibiú, ba ghairid go mbeadh na scaiftí páistí le feiceáil gach áit fá na claíocha á mbaint. An bhliain roimhe sin bhí Eoin léi don chéaduair, agus cé go raibh sé beag, ba dhícheallach a d'oibrigh sé. Bhí a fhios aici nach go háthasach a rachadh sí a phiocadh sméar an bhliain seo. Chrothnaigh sí cuideachta na gcailíní ar an scoil, go háirithe cuideachta Bhríde, agus

Eibhlín. Gheall sí cuairt a thabhairt orthu Domhnach inteacht, ach ní dheachaigh sí suas chucu riamh. Ar dhóigh inteacht, bhí leisce uirthi dul ag triall orthu ina haonar. Bhí eagla uirthi fosta go mbeadh an mháthair ag cur ceisteanna uirthi fá Eoin. Dá bharr sin, d'fhanadh sí sa bhaile gach Domhnach, agus b'fhada léi an lá.

Gach tráthnóna bheireadh sí léi canna agus théadh sí suas go dtí an tobar i ndúil is go bhfeicfeadh sí Seoirse ag pilleadh chun an bhaile i ndiaidh a bheith ag fágáil bainne ag Anna Mhór. Tráthnóna an lae i ndiaidh Eoin imeacht, bhí Seoirse ina shuí ar an chlaí nuair a chuaigh sí suas go dti an bealach mór. Níor éirigh sé nuair a chonaic sé ag teacht í, agus níor dhearc sé uirthi nuair a labhair sé léi.

'Creidim go bhfuil Eoin ar shiúl,' ar seisean.

'Tá,' arsa Máire, a chóir a bheith os íseal, agus d'éalaigh osna uaithi ina hainneoin féin.

'Ná bíodh buaireamh ort,' arsa Seoirse nuair a mhothaigh sé an tocht ina glór, 'níl sé chomh fada sin ar shiúl i nDún Phádraig.'

'Och, rófhada ar shiúl atá sé,' arsa Máire, 'ní ligfidh siad dom dul ag amharc air in am ar bith. Tá a fhios agam sin. Bhí muid iontach mór le chéile, a Sheoirse.'

'Tá a fhios agam sin,' arsa Seoirse, 'ach ná bí chomh buartha sin, ná bí chomh buartha sin, a Mháire,' agus thiontaigh sé agus d'amharc sé ar na súile a bhí lonrach le deora, agus ní raibh sé ábalta níos mó a rá.

An tráthnóna nach dtiocfadh Seoirse anuas an bealach mór, philleadh Máire chun tí fá chumha. Bhí áthas uirthi nuair a bhí deireadh leis na laethe saoire.

NUAIR A BHÍ NA SMÉARA DUBHA aibí, théadh sí amach á mbaint gach tráthnóna i gcuideachta scaifte d'aos óg an tsráidbhaile. Bhí sé pingine an chloch le fáil orthu ó fhear an tsiopa. B'aoibhinn léi séasúr na sméar dubh gach bliain eile. B'aoibhinn léi na huaireanta fada a chaitheadh sí amuigh fá ghrian órga an fhómhair ag líonadh a canna, agus ag ithe a sáith de na sméara móra boga. Ba mhinic a ba chosúla le fir ghorma ná daoine geala cuid de na páistí ab óige sula mbíodh an lá istigh. B'aoibhinn le Máire a bheith ag baint na sméar fá imill na gcuibhreann coirce. Chonacthas di i gcónaí gur ansin a bhíodh na sméara ab fhearr ag fás, ach lena chois sin, bhíodh an coirce á bhaint ag an am chéanna, nó stucaí nó turdáin á ndéanamh de, agus bhíodh na hoibrithe sna cuibhrinn réidh i dtólamh le tamall comhrá agus grinn a dhéanamh leis na páistí. Ach cé go mbíodh sí i gcuideachta na gcailíní eile, agus cé nár fiafraíodh di riamh sa teach caidé a bhí sí a dhéanamh leis an airgead, níor mhór a humhail ar an éadáil seo i bhfarradh agus blianta eile.

Na sméara a iompar an dá mhíle chuig an tsiopa an chuid a ba chrua den obair, mar níorbh fhiú duit níos lú ná cloch a bheith leat. Ní ghlacfadh fear an tsiopa le méid níos lú ná sin. An chéad tráthnóna a thug Máire léi lán an dá channa le iad a thabhairt chuig an tsiopa, casadh Seoirse uirthi taobh thíos dá theach féin, agus d'iompair sé an dá channa di an chuid eile den bhealach. Agus gach uair ina dhiaidh sin dá mbíodh sí ag tabhairt na sméar dubh chuig an siopa bhíodh Seoirse ag fanacht léi san áit chéanna. Bhí a fhios ag Máire gur ansin a bhíodh sé ar an ábhar nár mhaith leis aon duine dá mhuintir é a fheiceáil ag iompar na gcannaí di, agus sula dtigeadh siad fad leis an siopa, ba ghnách leis na cannaí a fhágáil síos agus a rá léi. 'Is dócha gur fearr duit féin iad a thabhairt isteach,' agus thógadh sé an t-orgán béil amach as a phóca, agus d'imíodh sé leis chun an bhaile, agus é ag iarraidh fonn a sheinm, rud nach ndeachaigh aige riamh a dhéanamh. Ach tráthnóna amháin, nuair a d'iompaigh sé mar sin ar a sháil, fuair Máire greim muinchille air, agus ar sise, 'Fan go dtara mé amach arís, a Sheoirse, ní bheidh mé i bhfad.'

'Maith go leor,' ar seisean.

Nuair a phill sí chuige, shín sí barra seacláide ionsair.

'Och, go raibh maith agat,' ar seisean, 'níor cheart duit do chuid airgid a chaitheamh ar an dóigh sin. Caidé a déarfas d'athair má bhíonn a fhios aige gur á chaitheamh atá tú?'

'Ní bheidh a fhios aige a dhath fá dtaobh de. Ní lorgaíonn sé orm é, is annamh a labhraíonn sé liom ó d'imigh Eoin.'

'Tchím. Tá dúil mhór agam i seacláid, ach 'bhfuil giota agat duit féin?'

'Tá,' ar sise.

Shiúil siad leo go fadálach, agus iad ag ithe na seacláide, agus níor labhair ceachtar acu go ceann tamaill.

'A Sheoirse,' arsa Máire, 'ní inseoidh tú do dhuine ar bith gur cheannaigh mé seacláid duit.'

'Ní inseoidh, cad chuige a n-inseoinn?'

'Beidh sé ina rún eadrainn féin.'

'Beidh.'

Shiúil siad leo.

Domhnach amháin i ndeireadh an fhómhair chuaigh an t-aos óg a chruinniú cnó i Lag na Coille. Bhí Máire agus Seoirse ina measc. Bhíodh Seoirse i gcónaí in ann teacht ar na háiteanna ab fhairsinge cnó, agus bhí sé in ann na cnuais ab fhearr a bhí ag fás ar na craobhacha ann a leagan. Bhí lán a mála scoile le Máire ag dul chun an bhaile di. Ba dheas duilliúir ildathacha Lag na Coille an lá sin.

An tseachtain ina dhiaidh sin, fuair siad tuilleadh saoire ón scoil, mar bhíthear ag toiseacht ar na prátaí a bhaint. Bhíodh Máire amuigh ó mhaidin go tráthnóna ag toghadh dá hathair, agus bhíodh a leasmháthair ag cuidiú léi cuid den lá. Teacht na hóiche bhíodh sí marbh tuirseach, agus chodlaíodh sí go trom. Mar sin féin, nuair a bhí an barr uilig bainte, agus na poill déanta, thuig sí nach raibh an obair gan sólás.

Tamall de laethe ina dhiaidh sin thoisigh sé a ghéaradh thráthnóna, agus sula ndeachaigh Máire a luí, bhí an ghaoth ag teacht ina rithshéideáin, ag búirthigh fríd na crainn fuinseoige os coinne an tí agus ag croitheadh na bhfuinneog agus an dorais. Roimh an mhaidin tháinig an bháisteach, agus nuair a d'éirigh Máire fuair sí amach gur ar éigean a bhí duilleog amháin fágtha ar na crainn, agus bhí srutháin uisce i ndiaidh claiseanna a threabhadh sa chosán. Bhí an bealach mór ina mhoirt cháidheach ag dul chun na scoile di, agus ba é a seanobair é teach na scoile a bhaint amach de chosa tirime. D'inis Bríd di go raibh cuid mhór crann leagtha sa choill, agus go raibh ceann amháin ina luí trasna ar an bhealach mhór. Bhí tuile chomh borb sin san abhainn gur rith cuid de na páistí ab óige thar an droichead, mar a bheadh eagla orthu go dtitfeadh sé fúthu. Ach d'fhan Máire agus Bríd agus Seoirse seal ag amharc ar an ruabhuinne chraosach mar a bheadh siad ag tabhairt a dhúshláin.

'Níor mhaith leat titim isteach ann anois,' arsa Bríd.

'Níor mhaith liom,' arsa Seoirse, 'bheadh sé rófhuar.'

'Siúlaigí libh,' arsa Máire, 'tá mise fuar go leor cheana féin gan titim isteach san uisce.'

Bhí ceo tais dlúth brónach ag éirí sna machairí, agus bhí an teas imithe as an lá. Thoisigh sé a dhul ó sholas sula dtáinig Máire go ceann an chabhsa. Bhí an geimhreadh ann.

Tháinig an t-athair isteach agus buicéad ina láimh leis.

'An dtig leat deoir eile d'uisce gaile a thabhairt dom?' ar seisean le bean an tí.

'Thig,' ar sise, agus thóg sí an citeal mór iarainn den chrúca, agus chuir steall as isteach sa bhuicéad.

'Is leor sin,' arsa an t-athair, agus thug sé leis an buicéad.

'Caidé mar atá sí anois?' arsa a bhean.

'Tá eagla orm nach bhfuil athrach ar bith go fóill uirthi,' ar seisean go héadóchasach, agus d'imigh sé amach arís chuig an bhóitheach. Bhí an bhó tinn.

Cúpla uair chuaigh Máire amach ag amharc uirthi. Bhí sí ina luí, agus a taobhanna ag éirí agus ag titim mar a bheadh boilg ceárta ann, agus bhí cúr lena béal. Anois agus arís dhéanadh sí géimneach thruacánta, agus dhearcadh sí thart leis na súile móra tláithe ar na fir a bhí ina timpeall, ionann is dá mbeadh sí ag impí orthu faoiseamh a thabhairt di ón phian, rud nach raibh ag éirí leo a dhéanamh. Thug siad iarraidh purgóid a dhoirteadh isteach ina béal, ach chaith sí an t-iomlán amach. Dúirt fear acu ansin gurbh fhearr í a chur ina seasamh, agus d'fhéach siad le sin a dhéanamh, ach theip orthu. Dúirt fear eile ansin gur cheart fios a chur ar an tréidlia, go rachadh Diní Ó hAilpin fána choinne ar an rothar. Cuireadh scéala chuig Diní, agus d'imigh sé ar an teachtaireacht ar an bhomaite. Ní raibh le déanamh ansin ach fanacht, agus d'fhan na fir ag coimhéad uirthi agus a taobhanna ag éirí agus ag titim chomh gasta sin go sílfeá nach dtiocfadh le croí an ainmhí é a sheasamh i bhfad eile. Ach ní raibh cuma ar bith uirthi go raibh an gamhain ag teacht.

Bhí Anna Mhór i ndiaidh siúl anall go hanacrach, agus bhí sí ina suí sa chlúdaigh.

'Ba cheart dóibh cur fá choinne an tréidlia i bhfad ó shin,' ar sise, 'níor cheart an bhó bhocht a choinneáil i bpian.'

'Déarfaimid an Paidrín,' arsa bean an tí, 'iarrfaimid ar an Mhaighdean Bheannaithe an bhó a shábháil dúinn.

'Maith go leor,' arsa Anna Mhór, 'ach mura miste leat é, suífidh mise anseo sa chathaoir. Ní thig liom cromadh ag na glúine.'

Dúirt an triúr acu an Paidrín go dúthrachtach, agus nuair a bhí sé ráite acu, d'iarr a leasmháthair ar Mháire dul amach arís go bhfeicfeadh sí caidé mar a bhí an bhó.

'Mar an gcéanna,' ar sise, nuair a tháinig sí isteach.

'Beidh sí mar sin go dtiocfaidh an tréidlia,' arsa Anna Mhór.

'Má ghní seisean maith ar bith di,' arsa bean an tí. 'Déanfaidh mé braon tae dúinn féin agus do na fir, agus ina dhiaidh sin, déarfaimid deichniúr eile den Phaidrín. Tá dóchas láidir agam as an Mhaighdean Mhuire. Bhéarfaidh sí aird ar urnaí an duine bhoicht.'

I dtrátha an dó dhéag a tháinig an tréidlia. Dhearc sé ar an bhó. Mhothaigh sé lena lámha í. Ansin chuir sé a thaca leis an bhalla. Thoisigh sí a chur fola, ach ní tháinig an gamhain. Chroith an tréidlia a cheann. 'Tá an gamhain casta inti,' ar seisean, 'caithfidh sé gur ghortaigh sí í féin.'

Idir sin agus an mhaidin, fuair an bhó bás. Sular imigh na fir chun an bhaile, tharraing siad amach an conablach, agus chuir go domhain é in íochtar an chuibhrinn. Bhí siad uilig fá ghruaim.

Tráthnóna lá arna mhárach, bhí an teaghlach ina suí sa chistin leo féin. Ní raibh aon duine acu ag caint. Bhí an t-athair ag amharc isteach sa tine, bhí bean an tí ag cleiteáil, agus bhí Máire ag iarraidh a bheith ag léamh leabhair scoile, ach ní rómhaith a bhí sí in inmhe a humhail a choinneáil ar an leabhar. Ó am go chéile thógadh sí a súile le dearcadh ar a hathair. Bhí a fhios aici go raibh bás na bó ag goilleadh air go mór. Leis sin chualathas an choiscéim throm taobh amuigh den doras, tógadh an laiste, agus tháinig Roibeard isteach.

'Áit mhaith chois na tine anocht,' ar seisean, 'tá fuacht nimheanta sa ghaoth anoir sin.'

'Tá fáilte romhat. a Roibeaird, gabh aníos chuig an tine,

mar tá sé fuar i gceart amuigh,' arsa fear an tí, ag éirí agus ag tarraingt anall cathaoireach, 'ach tá eagla orm nach cuideachta rómhaith muid d'aon duine anocht.'

'Maise ní ag airneál a tháinig mé,' arsa Roibeard, 'ní fear mór airneáil mé, mar atá a fhios agat, ach níor mhaith liom aon duine a shíleadh gur chuma liom fá chaill na comharsan.'

'Ní shílfeadh aon duine sin, a Roibeaird,' arsa fear an tí.

'Bhí mé buartha i gceart nuair a chuala mé ar maidin fá bhás na bó,' arsa Roibeard.

'Níl feidhm le sin a rá liom,' arsa fear an tí, 'ba chrua an buille é, ach toil Dé go raibh déanta.'

'Is doiligh dúinne dóigheanna an Choimdhe a thuigbheáil, a Mhicheáil, ach caithfimid a bheith foighdeach.'

'Caithfidh.'

'Tá an cailín seo ag éirí aníos ina cailín bhreá, is gairid go raibh sí inchuidithe agaibh,' arsa Roibeard.

'Cailín maith í,' arsa an t-athair.

D'éirigh Roibeard ina sheasamh.

'Ní ag imeacht a bheifeá cheana féin, a Roibeaird,' arsa fear an tí, 'nár chóir go dtabharfá tamall de do chomhrá dúinn?'

'Níl maith ionam ag comhrá,' arsa Roibeard, 'ní raibh am riamh agam don airneál nuair a bhí mé óg, agus tá mé ró-aosta anois le teacht isteach air. Is leor dom sliocht as an Bhíobla a léamh gach oíche sula dtéimid a luí. Léim di féin é.'

'Tchím,' arsa fear an tí, 'is trua go gcaithfidh tú imeacht chomh luath seo, ach táimid fíorbhuíoch díot as cuairt a thabhairt orainn.'

'Tá go deimhin,' arsa bean an tí.

'Seo mar atá,' arsa Roibeard, 'ní ag airneál a tháinig mé, mar a dúirt mé cheana féin, ach b'olc an mhaise dom gan lámh chuidithe a thabhairt don té a dtáinig an drochádh air,' agus d'fhág sé sabhran ar an tábla.

'Tá mé fíorbhuíoch duit, a Roibeaird,' arsa fear an tí, 'ach ní thiocfadh liom a ghlacadh. Ní thiocfadh liom a ghlacadh ar chor ar bith.'

'Amaidí,' arsa Roibeard, 'thig ár ngar ar a chéile go minic. Níl maith duit a bheith á dhiúltú. Tá mé cinnte go dtabharfaidh Somhairle Mac Reachtain agus Aindí Mac Giolla Eáin leathshabhran an duine dom fá do choinne.'

'Go gcúití Dia leat é,' arsa fear an tí, 'táimid fíorbhuíoch duit.'

'Ná tabhair buíochas ar bith dom,' arsa Roibeard, 'slán agaibh anois.'

Nuair a d'imigh sé, thóg fear an tí an bonn óir ina láimh agus bhreathnaigh sé é.

'Nach é corp an duine uasail é?' ar seisean lena bhean.

'Is é go deimhin,' ar sise, 'cé nach bhfuil dóigheanna síodúla ar bith aige.'

An oíche ina dhiaidh sin, cé a tháinig isteach ach Diní Ó hAilpín, agus gan focal de bheannú a rá le muintir an tí aníos leis chuig an tábla, agus 'A haon, a dó, a trí,' ar seisean, agus chuntas sé amach trí phunt, agus d'fhág ar an tábla iad. 'Chruinnigh mé an méid sin ó bhí inné ann. Tabhair aire anois go gceannaíonn tú bó mhaith an iarraidh seo.'

Dhearc fear an tí ar Diní, agus rinne sé gáire beag, ach bhí deora ina shúile.

'Maise, Diní,' ar seisean, 'ní abróidh mé ach nach mbeinn ag dúil lena athrach uait.'

'Ná duine ar bith eile,' arsa bean an tí.

'Anois, stadaigí den phlásaíocht,' arsa Diní, 'caidé eile a dhéanfainn ar scor ar bith? Nach é atá na daoine a rá gur mise a mharaigh an bhó le mo ghramafón?' Agus ligeadar go léir scairt gáire astu.

BHÍ AN IARÓG sa tír. Bhí naimhdeas san aer. Bhí fíomh ag daoine dá chéile. Bhí na Caitlicigh ag iarraidh *Home Rule* le fada, ach bhí an chuma ar an scéal anois go mb'fhéidir go bhfaigheadh siad é, agus d'aithin na Protastúnaigh an chontúirt agus thoisigh siad a sciúradh lann. Chuir siad arm óglach ar bun. Chuir na Caitlicigh arm eile ar bun. Bhí an dá dhream ag coimhéad ar a chéile go cónfach. Shílfeá gur ghairid go gcuirfí an lasóg sa bharrach, go gcaithfeadh daoine an nimh a bhí san fheoil a ligean amach.

Ar dtús thug comharsana iarraidh neamhshuim a dhéanamh den scéal. Níor lig siad orthu go raibh ábhar ar bith cointinne ag éirí eatarthu. Sheasadh siad nuair a chastaí ar a chéile iad ar an bhealach mhór, agus ghníodh siad a gcomhrá go carthanach le chéile mar a ba ghnách. Ach i ndiaidh tamaill ní dhéanadh siad ach beannú go grod dá chéile agus siúl ar aghaidh, agus ar ball ní chuireadh siad forrán ar a chéile ar chor ar bith. Tháinig cuil ar leith ar na Protastúnaigh, ní hamháin ar an ábhar go bhfacthas dóibh go gcaithfeadh siad troid in éadan *Home Rule*, ach go gcaithfeadh siad troid le greim a choinneáil ar a gcuid talaimh. Scaip an ráfla go raibh na Caitlicigh ar cur focal cheana féin ar na feirmeacha móra a bhainfí dá gcuid comharsan Protastúnach nuair a thiocfadh lá na saoirse. Ba é sin an rud a bhí go fíor idir chamánaibh, dar leis na Protastúnaigh, seilbh an talaimh, agus ní ligfeadh siad a gcuid gabháltas uathu go réidh. Gan fiú na bpáistí féin nach raibh ag bagairt agus ag sclamhógacht ar a chéile. Ach ní buan faltanas na hóige, buíochas do Dhia, agus baicle a bheadh ag feannadh a chéile lá amháin, bheadh siad ina gcomrádaithe móra ag a chéile an lá ina dhiaidh sin. Agus i dtaca le Máire agus Seoirse de, ní tháinig cor an fhocail riamh eatarthu. Bhí a fhios acu go raibh duibheagán fúthu ag cruinniú os a gcionn. Thuig siad go mb'fhéidir go mbrisfeadh an saol ina smionagar ina dtimpeall in am ar bith, ach cé nár dhúirt siad a leithéid riamh d'aithin siad nach dtiocfadh leo féin an chinniúint a sheachaint, agus ar an tsiocair sin in áit géilleadh don aighneas a bhí ag dealú na ndaoine, is amhlaidh a bhí siad ag cloí le chéile níos dlúithe ná riamh. Bhí an bheirt acu i ndiaidh an scoil a fhágáil; bhí siad ag éirí aníos.

Ach ainneoin an tuair tuirse bhí an saol mór ag dul ar aghaidh. Bhí athrach ag teacht ar mhullach athrach. Bhí na rothair níb' fhairsinge, bhí corrghluaisteán le feiceáil ar na bóithre, agus ansin Satharn amháin bhí pictiúir le taispeáint i dteach an mhargaidh. Chuaigh buachaillí agus cailíní na tíre ag amharc orthu, mar b'annamh caitheamh aimsire den chineál acu.

Bhí Máire agus Seoirse i láthair. Agus ba mhór an t-ionadh a bhí orthu nuair a chonaic siad gur daoine beo a bhí iontu, ag rith anonn agus anall. Níor thuig siad caidé an fuadar a bhí fúthu leath an ama, ach ligeadar a seanscairt gáire astu gach uair a bhain taisme inteacht do na daoine sna pictiúir, nuair a leagfaí nó nuair a thitfeadh fear isteach i linn uisce, nó a leithéid sin. Chonacthas dóibh gur ag báisteach a bhí sé sna pictiúir, agus shíl siad go mbeadh siad níba shoiléire mura mbeadh sin. Ach bhí siad thar a bheith sásta go bhfaca siad iad, agus bhí a fhios acu go raibh ceann d'iontaisí nua an domhain feicthe acu, agus bhí aigne mhór orthu ag dul chun an bhaile dóibh.

Chuaigh siad chun an bhaile i gcuideachta a chéile, cé nach raibh sin socair acu ar chor ar bith. I rith an bhealaigh bhí siad ag caint go tógtha fá na heachtraí greannmhara a bhí siad i ndiaidh a fheiceáil, agus gheall siad dá chéile go rachadh siad chuig an chéad taispeántas eile a thiocfadh chun an bhaile mhóir. Ghearr siad aicearra trasna na gcuibhreann anuas go cúl tigh mhuintir Sheoirse. Nuair a bhí siad ar an bhealach mhór, bhí scaifte rompu agus scaifte eile ina ndiaidh, ach anois ag teacht fríd na cuibhrinn dóibh bhí siad ina n-aonar. Bhí an oíche dorcha, agus dhruid Máire isteach níos deise do Sheoirse, mar a bhuailfeadh an t-uaigneas í. Thost siad, agus shiúil siad ar aghaidh gualainn ar ghualainn. Go tobann chuir Seoirse a lámh fána coim. Níor labhair ceachtar acu, ach shiúil leo mar sin go dtí gur scanraíodh an t-anam astu, ná tháinig an fear amach ar an chosán rompu. Athair Sheoirse a bhí ann. Chuir sé béic as.

'Nach luath i bhur saol a thoisigh sibh ar pheaca na drúise?' ar seisean de scread, agus bhagair sé a bhata orthu. 'Fan go bhfaighe mise greim ortsa, a chuilcigh, bainfidh mé cuid den ghus asat. Fuígfidh mé fearbacha i do mhásaí nach n-imíonn go gasta, agus i dtaca leatsa, a óinseach óg gan náire, fan i measc do mhuintire féin as seo amach. Ní theastaíonn cuid drochnós na pápaireachta uainn.'

Níor chuala an bheirt óga leath na scalladóireachta seo. Theith siad an méid a bhí ina gcorp.

Tráthnóna lá arna mhárach chualathas an choiscéim throm ar leacacha an dorais, agus nuair a chuala Máire é d'éirigh sí, agus chuaigh siar sa seomra. Tógadh an laiste, agus tháinig Roibeard isteach.

'Maise, an tú atá ann, a Roibeaird,' arsa fear an tí, 'tá fáilte romhat, ná is mór an stráinséir tú ar an urlár seo. Gabh aníos chuig an tine.'

D'fhan Roibeard ina sheasamh in aice an dorais, agus ar seisean. 'Ní rachaidh mé níos faide, ní bheidh mé ag fanacht, agus is aithríoch liom nach ócáid ar bith phléisiúrtha a thug anoir mé.'

Tháinig imní ar bhunadh an tí.

'Caidé a ba mhian leat a rá, a Roibeaird? An rud inteacht atá cearr?' arsa fear an tí.

'Bhal,' arsa Roibeard, 'ní hábhar áthais dom an méid seo a bheith le rá agam, agus tá dúil agam nach mbíonn sé ina chúis iaróige eadrainn.'

'Tá dúil agam nach mbíonn,' arsa Micheál, ag cur isteach air, agus ag amharc go sollúnta air.

'Seo an rud atá le rá agam,' arsa Roibeard, 'caithfidh sibh an cailín sin a choinneáil ar shiúl ó mo mhacsa, Seoirse.'

'Caidé seo atá tú a rá?' arsa fear an tí agus thug sé coiscéim anuas urlár na cistine.

'Tá, an rud a dúirt mé,' arsa Roibeard, 'an cailín seo Máire a choinneáil ar shiúl ó mo mhac Seoirse. Tháinig mé orthu aréir i gcuibhreann na dtrí n-acra agus iad snaidhmthe ina chéile. Caithfear stop a chur leis sin anois.'

'Caithfear,' arsa Micheál, agus bhí sé liathbhán san aghaidh. Níor labhair a bhean, ach bhí cuma chráite uirthi.

'Caithfear stop a chur leis an drochiompar sin. Caithfidh sibh smacht a choinneáil ar an chailín sin sa dóigh is nach mbíonn sí ag rith i ndiaidh Sheoirse,' arsa Roibeard.

Labhair Micheál go ciúin, agus ar seisean. 'Caidé mar atá a fhios agat gurb ise is ciontaí?'

''Siad na cailíní is ciontaí i gcónaí,' arsa Roibeard, 'bíonn siad sa tóir ar na buachaillí i rith an ama, agus tá a fhios agaibh nach bhfuil maith di a bheith i ndiaidh Sheoirse.'

'Ní bheidh sí i ndiaidh Sheoirse arís, féadann tú m'fhocalsa a ghlacadh air, sin má bhí sí ina dhiaidh roimhe seo,' arsa Micheál, 'agus má bhí, ba i ngan fhios domsa a bhí,' agus chuaigh sé anonn go dtí an drisiúr, agus chuir a lámh i gcúl pláta agus thóg rud inteacht amach, agus d'fhág ar an tábla é os coinne Roibeaird. Sabhran óir a bhí ann.

'Anois,' ar seisean, 'sin ar ais agat an t-aon rud amháin a fuair mise uait riamh, bhí mé buíoch díot ar a shon nuair a thug tú dom é, agus anois tá do chuid agus do bhuíochas agat, agus níl ach focal amháin eile le rá agam leat, ní ligfinnse d'iníon liomsa a bheith ag rith i ndiaidh do mhic-se. Máire is ainm di, agus Nic Artáin a sloinne, ba lena muintir na dúichí seo sula dtáinig aon fhear paca anall as Albain a chruinniú a choda.'

Las aghaidh Roibeaird le tréan feirge. Thóg sé an bonn óir agus chuir ina phóca é, agus ansin ar seisean; 'Agus tá sibhse ag dúil leis na dúichí seo a fháil ar ais, nuair a gheobhas sibh *Home Rule*, ach sin é dúil gan fháil daoibh. Chan fhaigheann sibh *Home Rule*!' Agus chuir sé sraoth as, agus d'fhág an teach.

D'fhan Micheál ina sheasamh i lár an urláir nóiméad gan corraí, gan focal a rá, agus ansin lig sé béic as. 'A Mháire,' ar seisean, 'a Mháire, tar amach anseo ar an bhomaite.' Tháinig an cailín bocht amach as an seomra, go fadálach agus í ar crith leis an scanradh.

'Tar anuas anseo,' ar seisean, agus thoisigh sé a bhaint de an crios trom leathair a bhí fána choim air.

'Gabh anseo,' ar seisean.

Dhruid Máire in aice leis, agus í ag osnaíl, agus go díreach nuair a bhí sé ag tógáil an chreasa in airde, thug a bhean áladh air, agus sciob an crios amach as a láimh.

'Ní bhuailfidh tú barr méire uirthi,' ar sise, 'mo náire thú, a rá is go dtabharfá íde bhrúidiúil do do leanbh féin de bharr rud ar bith a déarfadh an seanmhaistín sin de phór na mbacach. Tusa a bhí ag maíomh as muintir Mhic Artáin. Mo náire thú!'

Dhearc sé uirthi nóiméad mar a bheadh sé ar tí a leagadh, ach ansin shíothlaigh a racht, agus ar seisean. 'B'fhéidir gur agat atá an ceart. Tabhair dom mo chrios.'

Shín sí chuige é, agus chuir sé air arís é. Thóg sé a hata, agus d'imigh amach.

Coicís ina dhiaidh sin, dúirt a hathair le Máire go mbeadh sí ag dul go Béal Feirste ag obair ag deirfiúr a leasmháthar.

Bhí siopa aici féin agus ag a fear, agus ó tharla go raibh piantaí na gcnámh uirthi féin ní thiocfadh léi mórán a dhéanamh sa siopa agus bhí cuidiú de dhíth ar an fhear. An Luan sin a bhí chuici a bheadh sí ag imeacht, agus ar an ábhar sin chuaigh Máire suas ar an Domhnach le slán a fhágáil ag Bríd. Tháinig Bríd amach a spaisteoireacht léi fríd Lag na Coille, mar ba mhaith leo a gcomhrá a dhéanamh ina n-aonar. Bhí an t-earrach ann, agus bhí na frasa sabhaircín ag breacadh an chaonaigh fá bhun na gcrann, agus ag gealadh bhruach an tsrutháin. Bhí go leor scamall sa spéir, ach anois agus arís d'éalaíodh an ghrian amach astu, agus chaitheadh dealán fríd an choill mar a bheadh lann draíochta solais ann ag treorú an dá chailín go tír na hóige.

'Nach deas Lag na Coille inniu?' arsa Máire.

'Is deas,' arsa Bríd, 'ach is deise liomsa é nuair a bíos na cloigíní gorma fá bhláth. Sílim go gcaithfidh sé bheith ar an radharc is deise sa domhan, Lag na Coille nuair a bíos na cloigíní gorma fá bhláth, beidh cuimhne agam go deo air, is cuma cén áit a mbeidh mé,' ar sise.

'Níl tusa ag smaoineamh ar imeacht fosta?' arsa Máire.

'Tá, agus níl,' arsa Bríd, 'sin, tá mé ag smaoineamh ar imeacht, ach chan go fóill. Caithfidh mé imeacht, tá a fhios agat, níl rud ar bith anseo fá mo choinne, ná fá do choinne-se ach an oiread.'

'Agus cá háit a bhfuil tú ag brath imeacht – le bheith i do mhúinteoir scoile?'

'Is doiligh fáil ar shiúl le bheith i do mhúinteoir; agus cibé ar bith ní sin an rud atá de dhíth orm anois.'

'Caidé atá de dhíth ort?'

'Ní inseoidh tú go brách do dhuine ar bith é, má insím duit é.'

'Ní inseoidh.'

'Geallann tú sin?'

'Geallaim.'

'Tá rún agam bheith i mo bhean rialta.'

'Och, char smaoinigh mé air sin riamh. Och dhéanfá bean rialta álainn, a Bhríd. Ach nach mbíonn airgead de dhíth ort ar a shon sin fosta?'

'Ní bhíonn do gach ord. Gheobhaidh mé isteach in ord misinéireachta, sin an fáth go bhfuil mé ag fanacht ar an scoil go fóill. Dá mhéad foghlaim a bheas orm, is amhlaidh is fearr.'

'Agus an bhfuil a fhios ag do mháthair fá do rún?'

'Tá, ach níor dhúirt muid focal le m'athair go fóill fá dtaobh de. Ba mhaith linn a bheith cinnte fá gach rud roimh ré, tá a fhios agat, agus is doiligh a bheith cinnte sa chás. B'fhéidir go mbeinn ag iarraidh posta go fóill sa siopa sin.'

'Is beag an baol go mbeidh tú, a Bhríd.'

'Ach ní inseoidh tú do neach bheo an rud atá mé i ndiaidh a inse duit.'

'Ní inseoidh.'

'Agus beidh tú ag guí ar mo shon?'

Dhearc Máire uirthi go géar.

'Ag guí ar do shonsa? Beidh, beidh mé ag guí ar do shon.'

'Ach ní a chaint fá dtaobh díomsa a tháinig muid amach, ach fá dtaobh díotsa. Tiocfaidh tú aníos chugam nuair a thiocfas tú ar ais ag an Nollaig, agus inseoidh tú dom fá achan rud a tchí tú i mBéal Feirste.'

'Tiocfaidh cinnte, a Bhríd. Crothnóidh mé tú go mór i mBéal Feirste. Nach mór an trua nach féidir linn fanacht anseo i gcónaí?'

'Is trua, ach ní féidir linn. Amharc, sin iora rua in airde ar an chrann sin. Sin an chéad cheann a chonaic mé i mbliana. Nach deas é?' Nuair a dhearc Máire in airde, d'imigh sé as amharc go gasta sa duilliúr uachtarach.

Phill siad chun tí agus chaith Máire tae i gcuideachta an

teaghlaigh, agus ansin rinne Bríd agus Eibhlín a comóradh giota den bhealach.

Bhí sí ag tarraingt cóngarach don teach nuair a chuala sí an cogar, 'A Mháire.' Dhearc sí ina timpeall agus chonaic sí Seoirse ina sheasamh taobh istigh den chlaí. Bhí sé i bhfolach nach mór fá scáth sceiche. Léim a croí inti le heagla agus le háthas. Anonn léi go dtí an claí.

'Shíl mé go gcaithfinn deireadh dúile a bhaint díot,' ar seisean. 'Tá mé ag fanacht leat le tamall fada. 'Bhfuil tú ag imeacht amárach?'

'Tá,' arsa Máire os íseal, 'ag dul ag obair i mBéal Feirste atá mé.'

'Sin an rud a mhothaigh mé,' arsa Seoirse, 'agus theastaigh uaim tú a fheiceáil, sula n-imeofá.'

'Theastaigh uaimse tusa a fheiceáil fosta,' arsa Máire.

'A Mháire,' ar seisean, 'an cuimhin leat an oíche a cheannaigh tú an tseacláid dom?'

'Is cuimhin liom,' ar sise.

'Ní dhéanfaidh tú dearmad den oíche sin?'

'Ní dhéanfaidh,' ar sise.

D'fhan siad nóiméad ag stánadh ar a chéile gan focal a rá, agus ansin dúirt sé, 'Caithfidh mé bheith ag imeacht anois. Slán leat, a Mháire,' agus shín sé a lámh trasna an chlaí chuici. Bheir sí ar a láimh, agus bhrúigh sí ar a leiceann í, agus bhí deora ina súile.

'Slán agat, a Sheoirse,' ar sise, agus rith sí uaidh.

Sa Chathair

BA MHÓR AN TAOM CUMHA a bhuail í an mhaidin ina dhiaidh sin, nuair a d'fhág an traein an stáisiún. D'aithin sí ansin don chéad uair i gceart go raibh sí ag scaradh lena hóige, le cairde a hóige, le Bríd, le hEibhlín, le Seoirse, leis an áit agus leis an saol a raibh sí eolach air, agus ní raibh a fhios aici caidé an rud a bhí i ndán di. Ach ba ghasta a d'imigh an cumha di, mar thoisigh sí a chur spéis sna radharcanna tíre chomh luath agus a thug an traein amach as a ceantar dúchais í, agus nuair a shroich siad Droichead na Banna, sheas sí ag an doras ag amharc ar achan rud a bhí ar siúl sa stáisiún, ar na daoine ag teacht agus ag imeacht agus ar na giollaí ag cur earraí ar bord na traenach agus ag tógáil earraí amach. Ní thiocfadh léi gan ionadh a dhéanamh den mhéid a bhí i mBéal Feirste, de na sraitheanna fada tithe, de na muilte móra, agus de na simléir arda a bhí ag balcadh toite sa spéir. Bhí imní mhór uirthi nuair a thuirling sí ar an ardán. Bhí an gleo agus an callán ag déanamh meadhráin di. Bhí sí ag amharc thart uirthi féin go heaglach nuair a labhair an fear beag ramhar léi, agus ar seisean, 'Is tusa Máire.'

'Is mé,' ar sise.

'Mise Frainc Mac Mathúna, d'uncail,' ar seisean, agus thóg sé a mála uaithi, agus lean sí é amach as an stáisiún. Shiúil siad suas an tsráid giota, agus ansin stop sé, agus dúirt léi, 'Rachaimid ar an tram anois, seo ceann ag teacht.' Chuaigh siad isteach ar íochtar, agus shuigh síos ag taobh a chéile. Bhí beirt bhan ina suí os a gcoinne agus seálta fána gcloigne acu.

'An seo do chéad uair ag marcaíocht ar thram?' ar seisean.

'Sé,' ar sise.

' An maith leat é?'

'Is maith.'

'Bímidne i gcónaí ag marcaíocht orthu. Sin an fáth go bhfuil mise chomh ramhar sin,' ar seisean, agus thoisigh sé a gháire. Rinne Máire gáire beag fosta, agus thoisigh cuid den chotadh ag imeacht di. Shíl sí go mbeadh dúil aici san fhear bheag ghreannmhar seo.

'Thig leat dul amach giota fada as an chathair orthu ar chúpla pingin. Is deas dul amach chun na tíre sa samhradh,' ar seisean. 'Ní raibh tú riamh i mBéal Feirste roimhe?'

'Ní raibh,' ar sise.

'Caithfidh tú dul chuig na pictiúir,' ar seisean.

'Bhí mé ag na pictiúir,' ar sise go bródúil, 'uair amháin.'

'Níor mhiste dul arís,' ar seisean, agus chaoch sé súil ar an bheirt bhan a bhí ina suí os a gcoinne, agus rinne an triúr acu gáire. D'éirigh na mná ansin le dul amach, agus dúirt bean acu rud inteacht leis ag dul amach di i gcanúint nár thuig Máire, agus rinne siad uilig gáire arís.

'Caithfimidne tuirlingt anseo,' ar seisean nuair a tháinig siad chuig an chéad stad eile.

Lean Máire síos taobhshráid é gur bhain siad siopa beag grósaera amach. Bhí sí féin ina suí taobh thiar den chuntar, agus nuair a tháinig siad isteach d'éirigh sí le cabhair bhata, agus dhearc go géar ar Mháire.

'Agus tusa Máire,' ar sise, 'ní bheadh maith do d'athair tú a shéanadh. Fág do mhála thuas sa seomra, ag barr an staighre, sin an áit a gcodlóidh tú, agus ansin féadann tú braon tae a dhéanamh duit féin agus domsa,' ar sise.

'Agus domsa chomh maith,' ar seisean.

Suas an staighre rite cúng léi, d'fhoscail an chéad doras a chonaic sí, thug amharc amháin thart ar an seomra bheag ghlan a bhí ansin, d'fhág síos a mála ar an urlár, bhain di a hata agus a cóta mór, chroch ar bhacán ar chúl an dorais iad, agus tháinig anuas arís. Tháinig bean an tí ag bacadradh isteach sa chistin ina diaidh.

'Is fearr dom an dóigh leis an ghás a oibriú a thaispeáint duit, is dócha, nó an dtig leat a lasadh?'

'Ní thig,' arsa Máire. Ba mhinic a chuala sí fá ghás, ach ní fhaca sí riamh go dtí anois é. Scanraigh sí rud beag nuair a phléasc sé amach cúpla uair.

'Caithfidh tú fanacht bomaite, sula gcuireann tú an solas leis,' arsa bean an tí. 'In amanna bíonn aer sna píopaí, agus nuair a bhíonn, pléascann sé mar sin, ach níl contúirt ar bith ann. Gheobhaidh tú an tae ar an tseilf sin, agus tá siúcra agus arán agus im sa phrios sin. Tá mise ag dul a luí síos tamall, tá piantaí na gcnámh ag cur orm. Tabhair aníos cupán tae chugam, nuair a bheas sé réidh agat. Inseoidh sé féin duit caidé a bheas le déanamh agat sa siopa.' D'imigh sí amach as an chistin, agus chuala Máire an staighre ag gíoscán fána meáchan de réir mar a dhreapaigh sí suas go hanásta. Chuaigh sí féin a dhéanamh réidh an tae. Bhí gloine i ndoras na cistine sa dóigh is gurbh fhéidir a fheiceáil caidé a bhí ar siúl sa siopa, agus thug sí faoi deara go raibh fear an tí gnaitheach go leor ag freastal ar na custaiméirí. Dar léi nárbh ionadh ar bith é go raibh cuidiú de dhíobháil air, má chaitheadh an bhean an lá ar an leaba.

Nuair a thug sí suas an cupán tae chuici, ní thiocfadh léi gan ionadh a dhéanamh den seomra ina raibh sí ina luí. Bhí lear pictiúr naofa ar na ballaí, pictiúir mhóra bhreátha den Chroí Ró-Naofa, den Mhaighdean Bheannaithe, de Naomh Pádraig, agus de naoimh eile nár aithin Máire. Lena chois sin, bhí altóir bheag de chois na leapa, agus bhí lampa beag dearg lasta uirthi. Bhí boladh láidir ón lampa, agus mhothaigh Máire ar fud an tseomra é, boladh trom plúchtach.

Bhí an fhuinneog druidte go teann. Rinne Máire ionadh fosta den leaba. Leaba iarainn a bhí inti, ach bhí an ceann a chóir a bheith chomh hard leis an tsíleáil, agus é maisithe le prás trom. Bhí bean an tí ina suí sa leaba, agus í ag ligean a taca le moll mór de – cheannadhairteanna fíorbhána.

Thug sí faoi deara, go raibh Máire ag stánadh ar an leaba, agus ar sise. 'Nach galánta an leaba í?'

'Is galánta go deimhin,' arsa Máire.

'Cheannaigh mé ag ceant í,' arsa sise. 'Is maith liom leaba shócúlach. Thig liom túir Ardteampaill Naoimh Peadar a fheiceáil fríd an fhuinneog anseo. Sin iad. Is ansin a rachas tú chun an Aifrinn, agus chun faoistine. An dtéann tú chun faoistine go minic? Caithfidh tú dul gach seachtain, agus gabh i gcónaí chuig an Athair Ó Broin. Och, níl sagart in Éirinn is deise ná an tAthair Ó Broin. Is mór an pléisiúr dul chun faoistine chuige. Ní abrann sé focal crosta leat in am ar bith. Bíonn daoine ag rith suas chuig na sagairt in Ard Eoghain, ach deirimse leo i gcónaí nach bhfuil feidhm ar bith dóibh dul ansin nuair atá an tAthair Ó Broin acu, feidhm ar bith. 'Raibh sagart deas agaibhse?'

'Bhí an sagart óg deas, ach bhí sagart na paróiste crosta go leor.'

'Och, ní bhíonn an tAthair Ó Broin bocht crosta in am ar bith. Ná déan dearmad do chuid paidreacha a rá gach oíche, agus bí i do chailín mhaith. Bí ag guí chun Naoimh Antaine, ní fheallfaidh seisean ort in am ar bith. Níl naomh ar bith eile inchomórtais le Naomh Antaine. Agus ná bí ag rith chuig na pictiúir gach oíche sa tseachtain, mar a bíos cuid de na cailíní giodalacha, agus seachain na buachaillí agus na fir. Tabhair cupán eile tae aníos chugam, agus ná bíodh sé chomh héadrom sin.'

Thug Máire an cupán eile suas chuici.

'An dtig d'athair agus do mháthair le chéile go maith?'

arsa an bhean a bhí sa leaba.

'Thig' arsa Máire.

'Is maith sin,' ar sise, 'an bhfuair sé féin a chupán tae go fóill?'

'Ní bhfuair go fóill,' arsa Máire.

'Tabhair dó anois é, agus tabhair aire mhaith dó,' ar sise, agus thoisigh sí a bhaint súimíní as an dara cupán, agus rinne sí blasachtach lena cuid liobar ramhar.

'Is fearr seo,' ar sise, 'is maith liom bolgam de thae mhaith láidir.'

'Ólfaidh mé istigh anseo é,' arsa fear an tí, 'thig liom mo shúil a choinneáil ar an siopa as seo,' agus shuigh sé síos ag an tábla, 'Gabh amach agus tabhair isteach pota suibhe, sú talaimh, sin an cineál is fearr liom, gheobhaidh tú ceann ar an tseilf sin os coinne an dorais.'

Thug sí isteach an pota, agus stróic sé an páipéar de agus spréigh smearadh mór den tsubh ar phíosa aráin. Ansin bhrúigh sé an pota anonn chuig Máire.

'Seo,' ar seisean, 'bíodh do sháith de sin agat. Sin an cineál is fearr a níthear. Tá sé iontach milis.'

Sháigh sí a scian sa phota, agus thoisigh sí a chur scim éadrom den tsubh ar a cuid aráin. Bhí sé ag breathnú go géar uirthi, agus shín sé amach a lámh, thóg uaithi an t-arán, agus ar seisean, 'dom sin bomaite,' agus charn sé subh air. 'Ith sin anois,' ar seisean, 'sin mar is maith liomsa é.' B'éigean dó éirí ansin le dul amach a fhreastal ar bhean a bhí i ndiaidh teacht isteach sa siopa, agus nuair a bhí sé amuigh, sciom Máire cuid den tsubh den arán agus chuir ar ais sa phota é. Rómhilis a bhí sé aici.

'Sin an rud is measa fán siopa,' ar seisean, 'ní fhaigheann tú faill tráth bia amháin a chaitheamh ar do shuaimhneas, ach beidh tusa ábalta freastal orthu gan mhoill. Caidé a bhí sí féin a rá leat?' ar seisean, mar a bheadh sé ar nós cuma liom fá caide a bhí sé a rá.

'Bhí sí ag comhairliú dom gan a bheith ag dul chuig na pictiúir go rómhinic,' arsa Máire.

'Níl dochar ar bith sna pictiúir,' ar seisean, 'théadh sí féin chucu minic go leor, nuair a bhí lúth na gcos aici. Ar dhúirt sí rud ar bith eile?'

'Bhí sí ag inse dom fá chomh deas is atá an tAthair Ó Broin.'

'Agus fá na daoine a bíos ag dul ar faoistin suas go hArd Eoghain,' ar seisean ag cur isteach uirthi, 'duine acu sin mé féin,' agus tháinig meangadh gáire ar aghaidh Mháire nuair a dúirt sé sin.

'Gabh chuig na pictiúir nuair is mian leat, agus ná habair a dhath léi fá dtaobh díobh,' ar seisean agus b'éigean dó éirí agus dul amach chuig an siopa arís. Luigh Máire tamall fada ar a leaba an oíche sin sular thit néal ar bith codlata uirthi. Bhí coinneal lasta ar chathaoir aici ag taobh na leapa, agus mhair sí ag stánadh ar phictiúr den Chéasadh a bhí crochta ar an bhalla os a coinne, cé nach ar an phictiúr a bhí a hintinn leagtha. Bhí fiche rud ag dul fríd a ceann. Comhairle na mná, caint an fhir, torann na dtramanna. Agus thoisigh sí a smaoineamh ar an bhaile, ar Eoin, ar Bhríd, agus ar an rún a scil sí léi nuair a bhí siad ag siúl fríd Lag na Coille. Smaoinigh sí ar Sheoirse, agus tháinig tonn chumha uirthi a choscair an t-anam inti, agus a bhain na deora as a súile. Fá dheireadh fuair sí faoiseamh, agus go tobann thug sí faoi deara nach raibh doras an tseomra druidte mar a ba cheart. D'éirigh sí agus chuir sí an bolta air. Dhearc sí amach ar an fhuinneog sular luigh sí síos arís. Chonaic sí clós beag dorcha thíos fúithi, agus cúl tithe idir í agus léas. Luigh sí síos arís, agus shéid as an choinneal, agus thit sí thart, ach thoisigh sí a bhrionglóidigh, agus chonacthas di go raibh sí seal ag taisteal i dtraenacha, agus seal eile i dtramanna, nach stopfadh siad nuair a theastaigh uaithi tuirlingt, agus uair eile chonacthas di go raibh ballaí móra arda a bhí ag síneadh in airde sa spéir ag druidim isteach uirthi ar gach taobh, agus go raibh siad ar tí titim uirthi, agus mhúscail sí de gheit. Tháinig codladh uirthi arís, agus ba é an chéad rud eile a mhothaigh sí fear an tí ag bualadh ar an doras. Bhí sé in am di éirí.

' 'Raibh tú ag an Aifreann?' arsa bean an tí, nuair a thug sí isteach a bricfeasta chuici.

'Ní raibh,' arsa Máire, 'chan seo an Domhnach.'

'Tá a fhios agam nach é,' arsa bean an tí go grod, 'ach ba cheart duit a bheith ag an Aifreann gach maidin anseo. Táimid cóngarach do theach an phobail. Ba ghnách liom féin dul gach maidin nuair a bhí mé ábalta bogadh amach. Déanfaidh sé maith duit éirí go luath ar maidin. Nuair a bheas tú réidh leis an bhricfeasta, tar aníos arís, mar ba mhaith liom tú deil bheag a chur thart ar an seomra. Agus amharc an dtáinig an páipéar isteach. Tabhair aníos chugam é má tháinig.'

Nuair a chuaigh sí síos an staighre arís, bhí fear an tí ina shuí ag an tábla ag léamh an pháipéir.

'Bhal,' ar seisean, 'caidé atá de dhíth uirthi anois?'

'An páipéar,' arsa Máire.

'Bhal, thig léi fanacht go raibh mise réidh leis. Tá mé ag léamh fán troid mhór a bhí ann aréir.'

Shuigh Máire ag an tábla a dhéanmah a coda, ach níor luaithe a shuigh ná dúirt sé, 'Seo, tabhair suas chuici é, sula dtoisíonn tú ar do bhricfeasta nó ní bheidh suaimhneas ar bith agat.'

Thug sí an páipéar suas chuici, agus nuair a bhí Máire ag fágáil an tseomra, labhair bean an tí, agus ar sise, 'Ná déan dearmad teacht aníos arís a réiteach an tseomra.'

'Ní dhéanfaidh,' arsa Máire, ach d'imigh sí síos go gasta, mar níor thaitin an boladh trom a bhí sa seomra léi. Nuair a bhí a bricfeasta críochnaithe aici, chuaigh sí suas an staighre arís fá choinne na soitheach go nífeadh sí iad uilig.

'Ná bí i bhfad á ní anois,' arsa an bhean sa leaba.

Nuair a bhí na soithí nite ag Máire, thug sí léi scuab agus sluasaid bheag a fuair sí fán staighre, scrosán éadaigh, agus chuaigh suas chuig an seomra arís. Thóg sí ruga a bhí de chois na leapa, agus scuab an t-urlár. Nuair a bhí sin déanta aici, chuimil sí an t-éadach do phrás na leapa, do na pictiúir naofa agus do na dealbha ar an altóir.

'Bí cúramach leo sin anois,' arsa bean an tí, nuair a chonaic sí Máire ag tógail ceann acu. Bhí ionadh ar an chailín nuair a chonaic sí go raibh scilling faoi.

'Tá scilling anseo,' ar sise, á síneadh ionsar an bhean a bhí sa leaba.

'Fág ansin é,' ar sise go giorraisc, 'agus cuir an dealbh anuas air. Sin Leanbh Phráig. Ní bhíonn airgead gann sa teach a mbíonn sé.' D'fhág Máire an dealbh síos mar a raibh sé.

'Caithfidh tú deoir ola a chur sa lampa ar ball,' arsa bean an tí, 'gheobhaidh tú an buidéal thíos fán staighre.' Thiontaigh Máire chuig an fhuinneog agus thoisigh a ghlanadh na gloine.

'An bhfosclóidh mé an fhuinneog giota?' ar sise.

'Ná foscail,' arsa bean an tí, 'ar mhaith leat go bhfaighinn slaghdán? Thig leat teacht aníos agus í a fhágáil foscailte tamall nuair a éireos mé ar ball. Agus an ndéanfaidh tú deifir?'

Chríochnaigh Máire a cuid oibre sa seomra, agus thóg sí an scuab agus an tsluasaid le himeacht, nuair a labhair an bhean léi arís, agus ar sise, 'ba mhaith liom tú teachtaireacht a dhéanamh dom,' agus shín sí buidéal beag chuici. 'Caithfidh tú dul amach anois fá choinne giota feola don dinnéar, agus nuair a bheas tú ag dul suas chuig an bhúistéir

– inseoidh sé féin duit caidé atá de dhíth air – faigh seo líonta dom sa teach tábhairne ag an choirnéal. Seo an t-airgead, beidh dhá phingin agat duit féin,' ar sise ag síneadh scillinge chuici, 'agus ar d'anam ná lig d'aon duine an buidéal sin a fheiceáil. Seo, cuir i do phóca anois é. Tabhair aníos chugam é chomh luath géar is a thig tú ar ais.'

Chuir Máire an buidéal i bpóca a naprúin agus chuaigh síos an staighre.

'Faigh punt ispíní,' arsa fear an tí, nuair a d'fhiafraigh sí de caidé a ba mhaith leis don dinnéar, 'níl rud ar bith is fearr liom ná ispíní. Tá siad blasta. Cogar, ar iarr sí ort deoir bheag a fháil di?'

Las Máire go bun na gcluas.

'Maith go leor,' ar seisean, 'níor dhúirt tú a dhath.'

D'imigh na laethe. Bhí an samhradh ag teacht. Ach b'ar éigean a bhéarfá an samhradh faoi deara i measc na sráideanna beaga cúnga mar a raibh Máire ina cónaí. Ní raibh ann ach go raibh sé ag éirí iontach dúntach. Ní raibh anáil sa teach ná sa siopa agus bhíodh lúcháir ar Mháire nuair a thigeadh an tráthnóna, nuair a dhruidtí an doras, agus a gheibheadh sí faill dul amach a spaisteoireacht tamall, a ghlacadh an aeir. Shiúladh sí thart ar na sráideanna, cé go mbíodh na buachaillí a bhíodh ina seasamh ag na coirnéil ag scairteadh agus ag feadaíl ina diaidh.

'Cá bhfuair tú na buataisí?' arsa fear acu tráthnóna amháin, agus ba é sin an chéad uair a thuig Máire gur bróga troma chailín tíre a bhí uirthi. Ag deireadh na seachtaine sin cheannaigh sí péire de bhróga ísle, agus thoisigh sí á cóiriú féin i bhfaisean na cathrach de réir a chéile. Cúig scillinge a gheibheadh sí mar phá sa tseachtain, agus chuireadh sí deich scillinge chun an bhaile gach mí.

'Ba cheart duit dul suas chun na páirce inniu,' arsa fear an tí léi Domhnach amháin nuair a bhí siad ag glacadh a ndinnéir. 'Beidh sé deas sa pháirc inniu. Níl sé ach pingin agus leathphingin sa tram.'

'Rachaidh mé,' ar sise.

Bhí áthas uirthi go dtáinig sí chun na páirce. B'aoibhinn léi a bheith ag siúl fríd an léana glas arís. D'ól sí isteach an t-aer glan úr a bhí ag teacht anuas ón sliabh. Shuigh sí tamall ar shuíochán os comhair ghairdín na mbláthanna agus í ag baint lán a dhá súl as na bláthanna áille. Ansin thoisigh sí a bhreathnú na scuainí daoine a bhí suas agus anuas an cosán, agus iad uilig gléasta go deismir. Bhí an ghrian ag soilsiú, bhí cuma an tsonais agus an tséin ar an saol. Bhí gach rud ag taitneamh le Máire. B'fhiú a bheith beo inniu, b'fhiú a bheith i do chónaí i mBéal Feirste. Thug sí léim ina seasamh, shiúlfadh sí an pháirc uilig. Chaithfeadh sí gach giota de a fheiceáil. Chaithfeadh sí teacht aníos anseo gach Domhnach. Nár thrua nach dtáinig sí roimhe seo?

Shiúil sí suas go barr na páirce. Ní raibh sa chuid seo ach mar a bheadh gnáthchuibhreann féir ann, agus ní raibh mórán daoine le feiceáil. Chonaic sí eallach ag innilt i míodún a bhí taobh leis an pháirc. Ba dheas léi eallach a fheiceáil arís. Thug siad an tír ina ceann. Anonn léi go dtí an claí go bhfaigheadh sí amharc níb' fhearr orthu, ach tharraing sí siar go gasta. Bhí beirt ag suirí fá scáth an chlaí. Phill Máire síos fríd an pháirc go fadálach, agus an iarraidh seo níor chuir sí sonrú ar bith sna daoine gealgháireacha a bhí ina timpeall, ná ní thug sí faoi deara na bláthanna móra áille, ná níor mhothaigh sí a mboladh cumhra ar aer an tráthnóna. Bhí ga ina cliabh.

Nuair a bhain sí an teach amach bhí fear an tí ag déanamh réidh an tae.

'Bhal, ar thaitin an pháirc leat?' ar seisean.

'Thaitin,' ar sise go neoid.

'Ba ghnách liomsa dul suas nuair a bhí mé óg,' ar seisean,

'ach fear cathrach mise, chaith mé an tráthnóna sa chlub ag imirt cártaí.' Bhí a fhios aici sin, mar fuair sí boladh leanna uaidh sa chistin chúng.

'Ní raibh a fhios agam cá huair a bheifeá ar ais, agus thoisigh mé féin ar an tae. Tá mé i ndiaidh a cuid a thabhairt suas chuicise. Thig leat toíseacht ar do chuid féin anois.'

Shuigh Máire síos ag an tábla, dhoirt sé amach cupán tae di fein, agus thoisigh sí ag ithe giota aráin agus im. Dhearc sé uirthi go géar. 'Shílfeadh duine gur craosach leis an ocras a bheifeá i ndiaidh teacht ón pháirc,' ar seisean. Ubh agus muiceoil a bhí aige féin.

'Seo,' ar seisean, 'ith seo,' agus thóg sé slis mhór muiceola óna phláta, agus d'fhág ar phláta Mháire í. 'Tá tuilleadh ar an phan. Seo, bíodh ubh agat,' ar seisean, agus d'éirigh sé agus bhris ubh ar an phan di.

'Níl ubh de dhíth orm,' ar sise, 'níl ocras orm.'

'Caidé a tháinig ort?' ar seisean. 'Níor thit tú i ngrá chomh gasta sin. Ar thit?'

Níor thug sí freagra ar bith air sin.

'Ach b'fhéidir go raibh céadsearc agat cheana féin. Ní bheadh ionadh ar bith orm fá sin. Tá tú ag éirí aníos i do chailín bhreá dhóighiúil, tá go deimhin,' ar seisean agus d'fhág sé uaidh a scian, agus leag a lámh ar bhocán a láimhese.

An tseachtain sin, bhain tuisle do bhean an tí, ag teacht anuas an staighre di, agus thit sí go trom. Shíl siad go raibh leathchos briste aici. D'iompair an bheirt acu suas chuig an seomra í, agus cuireadh fios ar an dochtúir. Nuair a tháinig sé dúirt sé nach raibh an chos briste, ach go raibh sí leónta go holc, agus gur mhór an croitheadh a fuair sí go mbeadh scíth fhada de dhíth uirthi. Ní éiríodh sí as an leaba ina dhiaidh sin ach go fíorannamh.

THOISIGH AN COGADH MÓR an samhradh sin. Ní raibh mórán eolais ag Máire ar na cúiseanna a bhí leis an chogadh, agus ní rómhór an spéis a chuireadh sí ann. Ach léadh sí na ceannteidil ar an pháipéar gach maidin nuair a bhíodh sí á thabhairt suas chuig bean an tí, agus bhí a fhios aici go raibh an cogadh ag cur isteach ar *Home Rule*, agus go raibh Protastúnaigh agus Caitlicigh ag dul amach chun na Fraince.

Bhí sí le himeacht chun an bhaile ar saoire ag an Nollaig, agus mí roimh an am fuair sí litir óna leasmháthair á rá léi go raibh a máthair mhór i ndiaidh bás a fháil, agus go raibh Eoin sa bhaile arís. Chuir an litir seo ionadh uirthi. Bhí sí chomh gnaitheach sin le tamall, ag déanamh obair an tí, ag freastal ar an bhean sa leaba, agus ag freastal sa siopa nach raibh faill aici a bheith ag smaoineamh ar an bhaile, ach líonadh a hintinn le tonn chuimhne nuair a fuair sí an litir seo. Thoisigh an cumha ag ithe a hanama arís. Ní thiocfadh léi Eoin, ná Bríd, ná Seoirse a chur amach as a ceann nóiméad den lá.

'An inniu atá tú ag imeacht?' arsa bean an tí oíche Nollag.

'Sea,' ar sise.

'Ná fan ar shiúl thar an tseachtain, cibé rud a ghní tú, nó ní bheidh aon duine anseo le riar orm. Is cuma leis an fhear sin thíos sa siopa fá dtaobh díom. Mé a fheiceáil ag dul amach as an teach ar lorg mo chos sa dóigh is go dtiocfadh leis giodróg aerach inteacht a thabhairt isteach i m'áit, sin an rud atá in aice lena chroí, sin a bhfuil sé ag smaoineamh air. Tá a fhios agamsa é. Ní thig leis an dallamullóg a chur ormsa. Sin mar atá na fir. Bí cinnte go dtig tú ar ais gan mhoill. Ní thig liom éirí amach as seo níos mó. Tar ar ais gan mhoill mar a bheadh cailín maith ann, agus beidh mise go maith duit. Seo, faigh seo líonta dom, sula n-imíonn tú, agus tá sé chomh maith agat an dara ceann a fháil – bhéarfaidh fear an tábhairne buidéal eile duit – nó is fada go raibh tú ar ais. 'Sé atá do mo choinneáil beo, agus bíodh an briseadh agat duit féin,' ar sise ag síneadh leathghine chuici.

'Go raibh maith agat,' arsa Máire, agus d'aithin sí don chéad uair go raibh trua aici don bhean a bhí sa leaba. Mar 'fhad is bhí sise ag caint, bhí Máire ag stánadh uirthi, agus thug sí faoi deara chomh gealbhán is a bhí a craiceann i ndiaidh éirí le tamall, chom liath is bhí folt a cinn. Agus bhí fáinní dubha thart fá na súile aici. Bhí sí ag éalú go fíor anois.

'Déan deifir ar ais,' ar seisean, 'nó crothnóimid tú fá Nollaig,' agus thug sé deich scilling le cois a cuid pá di, agus císte dá muintir.

Dar léi go gcaithfeadh sí bronntanas a cheannach d'Eoin, agus chuir sin tógáil croí uirthi nuair a smaoinigh sí air. Chuaigh sí síos Bóthar na bhFál giota chuig siopa a raibh bréagáin san fhuinneog acu, agus thoisigh sí a bhreathnú isteach ar na rudaí a bhí acu. Ba dhoiligh di bronntanas a thoghadh dó, mar thuig sí nach mullachán gasúir a bhí ann níos mó, ach ní thiocfadh léi é a shamhlú san aois ina raibh sé anois. Ansin leag sí a súil ar orgán béil i lár na fuinneoige. Bhí an chuma air gur ceann maith a bhí ann. Bhí sé go díreach cosúil le ceann Sheoirse. Dar léi go ndéanfadh sé sin scoth gnaithe. Isteach sa siopa léi. Ceithre scillinge agus sé pingine a d'iarr an fear uirthi. Dar léi gur daor a bhí sé.

'Daor!' ar seisean léi, mar a bheadh ionadh an domhain air an focal a chluinstin, 'In aisce atá mé á thabhairt duit. Nach n-aithníonn tú gur Hohner atá ann? Níl aon cheann eile fágtha agam, agus ní chreidim go bhfaighe tú an dara ceann i mBéal Feirste uilig. Ní fheicfidh tú ceann eile acu sin arís go raibh an cogadh seo thart. Nach bhfuil a fhios agat go maith gurb iad na Gearmánaigh a ghní na rudaí sin uilig. Má choinním an Hohner sin go dtí an Nollaig seo chugainn, gheobhaidh mé punt air.'

'Maith go leor,' arsa Máire, 'tabhair dom é.'

'Is tusa an cailín ciallmhar,' arsa fear an tsiopa, 'Cha bheadh rud ar bith eile de dhíth ort?' Agus nuair a chuir sé an cheist sin uirthi, dúirt Máire go mb'fhéidir go mbeadh, mar bhí sí i ndiaidh amharc fá dhó ar shiosúr mná i gcás deas leathair, agus smaoinigh sí ar Bhríd, agus ar an bhomaite cheannaigh sí ar cheithre scillinge é. Cheannaigh sí ansin slabhra beag péarlaí d'Eibhlín, agus sular fhág sí an siopa cheannaigh sí scian phóca.

Ba mhaith léi bronntanais a fháil dá hathair agus dá leasmháthair, ach thuig sí gurbh fhearr leo dá dtabharfadh sí an t-airgead chun an bhaile léi. Ach cheannaigh sí cúpla punt rísíní agus cuiríní, agus ansin bhí an císte léi.

'Tá fáilte romhat chun an bhaile,' arsa an t-athair léi, nuair a thuirling sí den traein, 'an bhfaca tú Eoin?'

'Ní tusa Eoin,' ar sise leis an bhuachaill ard chaol a bhí ina sheasamh go cotúil ag taobh a athar.

'Is mé,' ar seisean.

'Más tú, ní tú,' ar sise, 'ach tá áthas orm tú a fheiceáil arís.'

Shiúil siad suas an bealach mór chun an bhaile go fadálach, an t-athair ag iompar mála Mháire, agus bhí beart fána ascaill le hEoin. Ní dhearna siad mórán cainte. Ó am go ham dhearcadh Máire i leataobh ar Eoin ionann is dá mbeadh sí ag iarraidh a dhéanamh amach cérbh é an stócach coimhthíoch seo a bhí lena taobh. Bhí a fhios ag Eoin go raibh sí ag silleadh air, ach níor lig sé a dhath air. Fá dheireadh go díreach ar mhaithe le comhrá a dhéanamh ar sise, 'tá bronntanas agam duit.'

' 'Bhfuil,' ar seisean, 'caidé rud é?'

'Ní inseoidh mé duit go rabhaimid sa bhaile,' ar sise.

'Och, cad chuige ar luaigh tú é?' ar seisean, 'taispeáin dom é.'

'Ní thaispeánfaidh go rabhaimid sa bhaile,' ach nuair a chonaic sí go raibh sé cineál meallta, sháigh sí a lámh i bpóca a cóta móir, agus tharraing sí amach an t-orgán béil.

'Ceann maith atá ann,' ar sise. 'Hohner!'

'Ceann galánta atá ann,' ar seisean, 'go raibh maith agat, agus thig liom seinm air. Bhí ceann ag buachaill a bhí ar an scoil i mo chuideachta – ní ceann chomh maith leis an cheann seo a bhí ann – agus ba ghnách leis é a thabhairt ar iasacht dom, agus d'fhoghlaim mé ansin é.'

Chuir sé lena bhéal é, agus bhain cúpla nóta as, ach chomh luath is a rinne sé sin, dúirt a athair leis gurbh fhearr dó é chur ina phóca go dtí go mbeadh siad sa bhaile.

'Ní bheadh a fhios agat caidé a déarfadh siad, dá mbeifeá ag seinm air sin amuigh ar an bhealach mhór anois,' ar seisean.

Thit siad ina dtost arís agus shiúil leo. Bhí an solas lasta i dteach Shéamais Uí Ainbhith ag dul thar an gheata dóibh, mar bhí sé dorcha cheana féin. Ach shíl Máire gur ardaíodh an dallóg rud beag mar a bheadh duine inteacht fiosrach fá cé a bhí ag dul siar an ród. Nuair a tháinig siad chomh fada le teach Mhuintir Mhic Giolla Rua bhí duine inteacht ag tarraingt uisce ón phumpa. Ba mhaith le Máire a fháil amach cé a bhí ann, ach ní ligfeadh an eagla di oiread is spléachadh a thabhairt ar an áit, agus a hathair in éineacht léi. Ar aghaidh leo a dtriúr gan dearcadh ar thaobh amháin ná ar thaobh eile, ach bhí a fhios ag Máire cad chuige a raibh áthas uirthi a bheith sa bhaile arís.

Bhain siad an teach amach.

'Tháinig tú,' arsa an leasmháthair, nuair a chuaigh siad isteach. Bhí tine mhaith thíos aici, agus bhí an citeal ag gail agus thoisigh sí a dhéanamh réidh an tae ar an bhomaite. D'fhoscail Máire beart agus thug amach an císte, agus na rísíní agus na cuiríní.

'Nach deas an císte é?' arsa bean an tí. 'Beidh féasta againn leis sin, ach fuair mé féin cuiríní agus rísíní. Tá putóg déanta agam.'

'Féadann tú ceann eile a dhéanamh,' arsa fear an tí, agus rinne sé leafa gáire. 'Is tú an cailín maith,' ar seisean le Máire nuair a shín sí trí phunt chuige, agus d'imigh sé anonn chuig an drisiúr agus d'fholaigh an t-airgead i gcúl pláta. Bhí Eoin ag amharc ar an orgán béil fá sholas an lampa.

'B'fhéidir go bhféachfá le cúpla port a bhualadh suas dúinn nuair a bheas ár gcuid déanta againn,' arsa an t-athair. 'Tá an chuma ar an uirlis sin gur chosain sé pingin mhaith airgid.'

'Níor chosain sé an oiread sin,' arsa Máire, ' fuair mé slad de chonradh ann.'

'Cá mhéad a thug tú air?' arsa Eoin.

'Ceithre scillinge agus sé pingine,' arsa Máire.

'Dia ár sábháil,' arsa an leasmháthair, 'shíl mé go bhfaighfeá ar scilling é.'

'Tá achan rud ag dul chun daoirse,' arsa Máire.

'Tá, is dócha,' arsa an leasmháthair, 'ach sílim go dtug tú barraíocht air sin. Dhéanfadh ceann a ba shaoire gnaithe maith go leor.'

'Dúirt fear an tsiopa gur punt a bheadh air an Nollaig seo chugainn,' arsa Máire.

'Caidé eile a déarfadh sé?' arsa bean an tí, 'seo, suígí isteach, tá an tae réidh.'

'Caithfidh sibh dul a luí go luath anocht,' arsa fear an tí nuair a bhí an tae thart acu, 'sa dóigh is go mbeidh sibh in am ag an chéad Aifreann, agus déarfaimid an Paidrín ó tharla gur seo an chéad uair a tháinig muid uilig le chéile le fada.'

Sular bhain sí an leaba amach, d'fhoscail Máire a mála, thóg amach an scian agus chuir i bpóca a cóta móir é. Ansin luigh sí síos, ach ní gasta a tháinig an codladh uirthi, mar bhí a hintinn ar a cíor ón lá. Luigh sí ansin ag stánadh amach ar an fhuinneog. Bhí gileacht shuaithníoch sa spéir agus na réalta ag spréacharnaigh, mar bhí sé ag sioc ó thit an oíche. Agus anois ó tharla ar ais ina leaba féin í, thoisigh Máire a smaoineamh ar a máthair féin, mar ba ghnách léi a dhéanamh gach oíche sna laethe fadó. Agus chonacthas di gur cheart di a bheith thuas ansin áit inteacht sa spéir, agus theastaigh uaithi í a fheiceáil. Ach bhí braitlín bán an tsiocáin á spré ar an fhuinneog, agus ag dalladh radharc na spéire uirthi. Ansin taibhsíodh di í, agus í ina seasamh in airde i measc na réalta mar a bheadh dealbh lonrach ann, ach nuair a thug Máire an dara hamharc uirthi, níorbh í a máthair a bhí ann ach leanbh Phráig.

Bhí a lán de lucht aitheantais Mháire ag an Aifreann, agus i ndiaidh theacht amach dóibh bhuail sí chun comhrá le scaifte cailíní a bhí ar an scoil léi. Gan fiú cuid mhaith de na daoine móra nár bheannaigh di, agus a chuir fáilte roimpi ar ais chun an bhaile. Agus léim Diní Ó hAilpín anuas den rothar nuair a tháinig sé suas léi, agus ar seisean. 'Maise, nach galánta atá cuid de na daoine cóirithe ar maidin. Is dócha gur ar éigean a labhrófá anois le mo mhacasamhailse de dhoirneálach gharbh tíre.'

'An stadfaidh tú den mhagadh, a Diní?' ar sise. 'Is tú féin atá ag amharc go scafánta,' agus chroith siad lámh le chéile go lúcháireach.

'Is maith liom sin a chluinstin,' ar seisean, 'b'fhéidir go mbeadh seans agam go fóill.' Rinne Máire gáire croíúil. Lean siad den chomhrá ar feadh tamaill, agus ansin d'imigh Diní ar aghaidh, i ndiaidh dó a rá go mb'fhéidir go mbeadh faill aige dul suas ag airneál teach Mháire oíche inteacht sula bpillfeadh sí ar an chathair.

Ní raibh Bríd nó Eibhlín ag an Aifreann seo ná théadh siadsan chuig teach pobail na Cluana Buí, agus rinne Máire suas a hintinn go rachadh sí suas ar cuairt chucu i ndiaidh an dinnéir. Bhí siad ag castáil anois ar an aos óg Phreispitéireach a bhí ag tarraingt ar an chéad seirbhís s'acusan, agus shíl Máire go bhfeicfeadh sí Seoirse ina measc, ach ní fhaca, ach ní dhearna sí ionadh ar bith de sin, mar d'fhéadfadh sé a bheith istigh sa teampall cheana féin. Bhí leisce uirthi fiafraí d'Eoin an bhfaca sé Seoirse le gairid. Bhí Eoin in éineacht léi, ach ar dhóigh inteacht ní raibh dul acu mórán a rá le chéile. Bhí na blianta i ndiaidh coimhthíos a fhágáil eatarthu. Dúirt sí leis go raibh sí ag brath a dhul suas ag amharc ar Bhríd an tráthnóna sin.

'Tá mise ag dul síos chuig an tsráidbhaile,' ar seisean, 'beidh cuid de na buachaillí cruinn ansin. Téim síos gach Domhnach.'

Bhí sí cineál meallta leis an fhreagra seo. Shíl sí go n-iarrfadh sé a bheith léi, agus ina dhiaidh sin is uilig, bhí sí sásta nár iarr, mar ba mhian léi a bheith in ann a comhrá a dhéanamh le Bríd ar a suaimhneas. Ní raibh baol ar bith go mbeadh Eibhlín ag cur isteach orthu, mar déarfadh Bríd léi fanacht sa bhaile 'fhad is a bheadh an bheirt acu amuigh ag spaisteoireacht, ach ní bheadh sé chomh furasta sin a rá le hEoin.

Nuair a bhain siad an baile amach bhí an t-athair agus an leasmháthair réidh le dul chuig an dara Aifreann.

'Ná ligigí an tine as anois,' arsa an leasmháthair, 'agus cuirigí na prátaí ar an tine ar a dó dhéag den chlog, agus ná ligigí an madadh a chóir an phota sin a bhfuil an brat agus an chearc ann.'

Níor ghnách leo an t-altú roimh bhia nó ina dhiaidh a rá i dteach Mhic Artáin, ach dúradh lá Nollag é. An t-athair a dúirt é go cineál náireach. Nuair a bhí siad réidh, bhrúigh sé siar a chathaoir, agus ar seisean. 'Ba bhreá amach an dinnéar sin, agus beidh giota de do chístese againn ag am tae, a Mháire.'

'Maise, níl a fhios agam cén áit a gcuirfidh tú é,' arsa a bhean, 'bhí rún agam an císte sin a choinneáil tamall ar eagla go mbeadh cuairteoirí againn oíche de na hoícheanta seo.'

'Féadann tú giota de a choinneáil más mian leat,' ar seisean, 'ach ní thabharfaidh tú an císte sin uilig do strainséirí ar bith.'

'Ba bheag an baol dom sin a dhéanamh,' arsa bean an tí.

Chuir an chaint seo aiféaltas ar Mháire. Bhí an seal a bhí caite aici sa chathair i ndiaidh dul i bhfeidhm uirthi ar níos mó ná dóigh amháin. I gcomórtas lena muintir féin, bhí an lánúin i mBéal Feirste ina suí go te. Bhí siopa beag rafar acu, agus ó tharla nach raibh cúram ar bith orthu, is iad a bhí go maith dóibh féin. Bhíodh rogha gach bia acu, agus go leor de, agus ní chuirfeadh siad orthu féin ach an chuid ab fhearr den éide a bhí le fáil. Agus ba ghasta a d'éirigh Máire cleachta le gach cineál. Agus anois nuair a dhearc sí thart ar an chistin aolnite, agus nuair a mhothaigh sí an chaint fán chíste, ghoill loime a hóige uirthi. D'éirigh sí amach ón tábla go gasta, agus dúirt go raibh sí ag brath ar dhul suas ag amharc ar Bhríd, agus go mb'fhéidir go maithfeadh a leasmháthair di as gan cuidiú léi na soithí a ní an iarraidh seo, mar gur ghearr a bheadh an tráthnóna.

'Maise, cha bheadh aon duine ag dúil go gcaithfeá an Nollaig ag obair fán teach, agus gan tú ach sa bhaile ar chúpla lá saoire,' arsa an t-athair.

Níor dhúirt an leasmháthair focal.

Nuair a bhí sí ag dul suas an cabhsa, bhí Eoin sna sála aici. Tharraing sé an t-orgán béil amach as a phóca.

'Tá mé ag dul a thaispeáint seo do na buachaillí,' ar seisean, mar a bheadh a fhios aige go dtaitneodh sé sin léi.

'An maith leat é?' ar sise.

'Is maith, cinnte,' ar seisean, 'ceann galánta atá ann. Beidh siad á thnúth dom. Ní raibh mé ag dúil leis, ní raibh mé ag dúil le rud ar bith.'

Thoisigh a croí a théamh leis.

'Tá áthas orm go dtaitníonn sé leat,' ar sise, 'shíl mé féin gur ceann maith a bhí ann, ach ní raibh mé cinnte gurbh é ab fhearr leat. Is fada ó d'imigh tú, tá a fhios agat.'

'Is fada,' ar seisean, 'ní raibh agam ach mearchuimhne ar an áit nuair a tháinig mé ar ais. Shíl mé gur chuimhin liom a bheith ag imirt fán teach i do chuideachtasa, ach ní raibh mé cinnte cé acu ag cuimhneamh ar rudaí a bhí mé, nó á samhlú.'

' 'Raibh cuimhne agat ormsa?' arsa Máire.

'Bhí a fhios agam go raibh deirfiúr agam, ach ní raibh a fhios agam cé leis a raibh tú cosúil,' ar seisean, 'agus ansin nuair a phill mé ní raibh tú anseo.'

'An maith leat a bheith sa bhaile arís?' ar sise.

' B'fhéidir gur mhaith liom é, dá mbeifeá thusa sa bhaile,' ar seisean, 'ach bíonn sé iontach uaigneach anseo sa gheimhreadh. Tá an t-ádh ortsa bheith i mBéal Feirste.'

'B'fhéidir go dtiocfá féin go Béal Feirste go fóill,' arsa Máire.

'Ba mhaith liom sin,' ar seisean, 'ach tá eagla orm go gcaithfidh mé fanacht anseo. Slán leat anois,' ar seisean, agus d'imigh sé ag tarraingt ar an sráidbhaile.

Chuir Bríd fáilte mhór roimpi, agus chuir Eibhlín spéis mhór ina cuid éadaigh, agus sna bróga tanaí ísle a bhí uirthi. Bhí an bheirt acu iontach buíoch di as na bronntanais. Nuair a chuaigh siad amach a spaisteoireacht le chéile, dúirt Bríd léi gur ghearr go mbeadh sí féin ag imeacht, go raibh gach socrú déanta nach mór.

'Ach bímse i gcónaí ag caint fá dtaobh díom féin,' ar sise, 'caithfidh tú gach rud a inse dom fá Bhéal Feirste. Bíonn saol breá agat ansin, de réir cosúlachta. An dtéann tú chuig na pictiúir go minic?' Thoisigh Máire a thabhairt cuntais di fá iontaisí na cathrach, fá na tramanna, fá na pictiúrlanna, agus fá chomh hálainn is bhí an pháirc sa samhradh.

'Ach caidé mar a thaitníonn do chuid oibre leat?' arsa Bríd.

'Go maith,' arsa Máire, agus d'inis sí fán siopa, agus fán obair a bhí le déanamh aici sa teach, agus fán bhean a bhí ina luí – a haintín a thug sí uirthi – agus ní shílfeá óna cuntas go raibh imní dá laghad uirthi.

Ag teacht chun an bhaile di, bhí sí ag smaoineamh ar an uair a rinne sí an turas seo go deireanach, agus dar léi go mb'fhéidir go bhfeicfeadh sí Seoirse ag fanacht léi san áit chéanna, agus bhí sí ag méaradóireacht ar an scian a bhí léi ina póca. Ach ní raibh sé ann, agus cé a chasfaí ina treo ach seanIsibéal. Thug an chailleach iarraidh í a stopadh ar an bhealach mhór, ach sheachain Máire í, agus rith uaithi. Chuala sí í ag scairteadh as a hainm uirthi, agus chan easpa focal a bhí ar Isibéal nuair a ba mhian léi masla cainte a thabhairt do dhuine ar bith. Ní thiocfadh le Máire gan gáire a dhéanamh nuair a mhothaigh sí 'scúille an bhaile mhóir,' á thabhairt uirthi féin, agus d'aithin sí go raibh a ciall féin ag Isibéal.

Bhí Máire meallta go mór nuair nach bhfaca sí Seoirse áit ar bith an lá sin, agus an lá arna mhárach ní thiocfadh léi a bheith foighdeach níos mó, mar bhí eagla uirthi go gcaithfeadh sí imeacht gan é a fheiceáil ar chor ar bith. Dá bhrí sin, ar sise le hEoin, 'An raibh Seoirse Mac Giolla Rua thíos sa sráidbhaile inné?'

'Cha raibh,' ar seisean, 'níl Seoirse fán bhaile anois. Chuala mé iad ag caint air. Tá sé ag obair ar fheirm uncail dó in aice Dhroichead na Banna.'

'Och' ar sise, 'ní raibh a fhios agam sin, ní raibh a fhios agam go raibh sé ar shiúl, cé go raibh a fhios agam go raibh uncail aige thíos ansin in áit inteacht.'

'Ní raibh aithne ar bith agam air,' arsa Eoin, 'bhí sé ar shiúl sula dtáinig mise chun an bhaile. Ní raibh cuimhne ar bith agam air, ach bhí na stócaigh eile ag inse dom fá dtaobh de. Bhí tú féin agus é féin mór le chéile, creidim.'

Bhain an chaint seo lasadh aisti.

'Bhí,' ar sise, 'ach cé a d'inis duitse é?'

'Och, chuala mé na buachaillí ag caint air. Dúirt siad gur sin an fáth ar cuireadh tusa go Béal Feirste.'

'Ar dhúirt siad rud ar bith eile?' ar sise.

'Níor dhúirt,' ar seisean.

Bhí siad ina dtost nóiméad, mar a bheadh siad ag meabhrú. Tháinig tocht ar Mháire, tocht bróin agus éadóchais. Níor theastaigh ach rud amháin uaithi anois, imeacht ón bhaile arís chomh gasta is a thiocfadh léi, agus ba chuma léi cá háit. Dar léi nach raibh sa bhaile fána coinne ach díomá agus briseadh croí. Ba náir léi na buachaillí a bheith ag caint uirthi mar sin, ag caint le hEoin fá dtaobh di go háirithe. Ba dhoiligh a rá cén inse a thug siad ar an scéal, agus chonacthas di go raibh Eoin féin cadránta sa dóigh a thug sé an t-eolas di, go raibh mar a bheadh náire air féin fán scéal. Ach ní raibh an ceart aici sa mhéid sin, ná go díreach nuair a thoisigh an smaoineamh sin a chruinniú treise ina hintinn, labhair sé, agus ar seisean. 'An raibh tú ag dúil lena fheiceáil nuair a tháinig tú chun an bhaile?'

'Bhí,' ar sise, agus ní raibh ann ach go gcuala Eoin an focal.

'Tá mé buartha gur baineadh mealladh asat,' ar seisean.

Chuir sí a lámh ina póca, agus tharraing sí amach an scian, agus shín chuige é.

'Féadann tú seo a bheith agat,' ar sise, agus nuair a thóg sé uaithi í, thug sé faoi deara go raibh deora móra ina súile.

'Is fearr duit dul anonn ag amharc ar Anna Mhór,' arsa an t-athair léi an tráthnóna sin, 'beidh sí iontach meallta, má chluineann sí go raibh tú abhus agus nach dtug tú cuairt uirthi. Is annamh a bhíonn sí ábalta bogadh amach ar chor ar bith anois, agus ba mhaith léi tamall de do chuid seanchais.'

'Is leisce liom dul anonn chuici agus gan féirín ar bith liom di, níor smaoinigh mé ar rud ar bith a cheannach di,' arsa Máire.

'Cad chuige a mbeifeá ag smaoineamh ar a leithéid ar chor ar bith?' arsa a leasmháthair, 'Ar ndóigh, ní thiocfadh leat bronntanais a cheannach do leath na tíre.'

'Ní bheidh Anna ag dúil lena dhath. Beidh sí iontach sásta le tamall de do chomhrá. Bíonn cumha ar an chréatúr sa teach ansin léi féin, agus gan í in ann dul amach a chuartaíocht nó ag airneál.'

'Och, céad fáilte romhat chun an bhaile, a Mháire,' arsa Anna Mhór nuair a shiúil Máire isteach chun an tí chuici. Níor aithin mé tú ar chor ar bith ar dtús. "Cén *lady* galánta sin atá ag teacht isteach anseo?" arsa mise liom féin, nuair a chonaic mé thú ag foscladh an gheata. Shíl mé go mb'fhéidir go mba bhean de na máistreásaí scoile thú, ach nach raibh a fhios agam fá Dhia caidé a bheadh ag tabhairt a macasamhailse isteach anseo, ansin d'aithin mé tú nuair a bhí tú ag dul thar an fhuinneog.'

' Mise atá ann,' arsa Máire.

'Tchím sin,' arsa Anna, 'tchím sin, agus nach tú atá ag breathnú go dóighiúil. Ag éirí aníos i do chailín dhóighiúil atá tú, i do chailín dhóighiúil, ach ní hionadh ar bith sin, mar sí do mháthair féin a bhí dóighiúil, 'sí bhí. Bhí mé féin agus í féin iontach mór le chéile nuair a bhíomar inár gcailíní óga, sula ndeachaigh mise go Meiriceá agus sular phós sise, ach níl maith a bheith ag caint anois ar na laethe sin fadó. Bhfuil scéala ar bith leat as an chathair? Níl rud ab fhearr liom ná sciuird amháin eile a thabhairt ar an chathair sula bhfaighe mé an scairt. Caithfidh tú achan rud a inse dom. 'Raibh tú ag Gairdín na mBláth?'

B'éigean do Mháire a admháil nach raibh sí riamh ag Gairdín na mBláth, ach d'inis sí di fá chomh deas is bhí an Pháirc ar Bhóthar na bhFál.

'Ach, caithfidh tú Gairdín na mBláth a fheiceáil,' arsa Anna Mhór, 'tá a bhfuil ar an saol de chineálacha bláth agus plandaí ann, agus éisc órga ag snámh i linn mhór taobh istigh de theach gloine, agus ní hamháin sin, ach tá an gairdín suite i gceantar fíordheas. Is ansin atá cuid de na daoine is saibhre i mBéal Feirste ina gcónaí.'

Máire a bhí ag fáil an eolais fán chathair. Ach go tobann, d'aithin Anna féin sin, agus ar sise, 'Ach tusa a chaithfeas an chaint a dhéanamh, ná is fada ó bhí mise sa chathair. Is dócha go bhfuil a lán tithe úra tógtha inti ó shin.'

Agus thoisigh Máire ag inse di fá na hathruithe uilig a bhí ag teacht ar Bhéal Feirste, agus dar ndóigh, 'sé a dúirt Anna Mhór sa deireadh, 'Tá áthas orm go bhfuil Éire ag coinneáil céime leis na náisiúin eile. Is cuimhin liom nuair a bhí mise i Nua Eabhrac, gur shíl go leor daoine a chasfaí duit ansin nach raibh sa tír seo ach oileán beag iargúlta, gan oiread is teach ceann slinne amháin ann. Tá áthas orm gur ag dul chun cinn atá an tír.'

Níor labhair Anna fán chogadh ar chor ar bith, agus níor thrácht Máire air ach oiread, mar ba bheag eolas a bhí aici fá caidé mar a bhí sé ag dul. I ndiaidh tamaill thug sí faoi deara go raibh Anna ag toiseacht a mhíogarnaigh, agus d'fhág sí slán aici.

An oíche sin, dúirt sí go mbeadh sí ag imeacht lá arna mhárach.

'Ní ag smaoineamh ar imeacht amárach a bheifeá,' arsa an t-athair, 'shíl mé go mbeadh cúpla lá eile agat.'

'Caithfidh mé imeacht,' arsa Máire, 'ní thig leis freastal ar an siopa agus uirthi féin chomh maith.'

'Shíl mé go mbeadh oíche againn le Diní agus an gramafón sula n-imeofá,' ar seisean.

'Caithfidh sí aire a thabhairt dá cuid oibre,' arsa bean an tí.

'Caithfidh mé imeacht amárach,' arsa Máire.

Bhí Eoin ag éisteacht, ach níor dhúirt sé focal.

Eoin amháin a rinne a comóradh chuig an stáisiún lá arna mhárach. Ag dul thar theach Mhic Giolla Rua dóibh, cé a thiocfadh amach ach Roibeard. Thug sé amharc géar ar Mháire mar a bheadh sé in amhras fá cérbh í féin. Bhuail eagla Máire. Shíl sí go raibh sé ar shéala rud inteacht a rá léi. Ach ní dhearna sé ach an gnáthshraoth a chur as mar chomhartha drochmheasa sula dtug sé a chúl leo. Bhí a fhios ag Máire gur aithin sé í.

'Sin Roibeard,' arsa Eoin, ionann is dá mbíodh dearmad déanta aige gur fearr an aithne a bhí ag Máire air, ná bhí aige féin. 'Ní duine rólách é.'

'Is cuimhin liom an t-am a raibh sé lách go leor,' arsa Máire, 'nuair a ba ghnách leis a bheith ag airneál againn,' cé gur thuig sí gur áibhéil a bhí sa mhéid sin nuair a bhí sé ráite aici.

'Sin an rud a dúirt m'athair. Dúirt sé gur chuidigh sé leis uair amháin nuair a fuair bó bás air. Ach ní thig sé 'ár gcomhair anois.'

'Gnaithe *Home Rule* a ba chúis leis sin,' arsa Máire.

'Maise is beag iomrá atá air mar *Home Rule* anois,' arsa Eoin.

Nuair a bhain siad an stáisiún amach, dúirt Eoin go raibh sé buartha nach ag imeacht go Béal Feirste in éineacht léi a bhí sé.

'Ach caithfidh tusa fanacht sa bhaile, a Eoin,' arsa Máire, 'tusa a gheobhas an teach agus an talamh.'

'Níl dúil agam san áit seo, tá sí ró-uaigneach,' ar seisean.

'Beidh mise ar ais ag an Cháisc,' arsa Máire, 'agus sa

samhradh, tiocfaidh mé chun an bhaile go minic anois ó tharla go bhfuil tusa sa bhaile.'

'An dtiocfaidh tú?' ar seisean, mar bheadh imní air nach raibh sí ach á chealgadh.

'Tiocfaidh cinnte,' ar sise.

Tháinig an traein agus chuaigh sí ar bord. Sheas sí ag doras an charráiste ag caint leis go dtí gur bhog an traein léi arís. Agus nuair a bhí sí go díreach ag toiseacht a ghluaiseacht, scairt sé léi, 'Má thig Seoirse chun an bhaile, déarfaidh mé leis go raibh tú á fhiafraí.'

Rinne sí gáire beag mín leis, chruinnigh an traein siúl, ach mhair an bheirt acu ag croitheadh láimhe ar a chéile go dtí gur chaill siad amharc ar a chéile. Shuigh sí síos sa choirnéal ansin, agus bhí sí buartha go raibh sí ag fágáil Eoin ina diaidh. Shuigh sí ansin fá ghruaim, agus ba ar éigean a dhearc sí amach ar an fhuinneog go dtí go mba léir di go raibh siad ag teacht cóngarach do Dhroichead na Banna, nuair a bhuail an smaoineamh í go mb'fhéidir go bhfeicfeadh sí Seoirse dá mbeadh sí ag coimhéad amach. D'éirigh sí ina seasamh, lig anuas gloine an dorais sa dóigh is go mbeadh amharc níb' fhearr aici ar an tír. Ar ndóigh ní fhaca sí é. Ach nuair a stad an traein sa stáisiún, baineadh léim aisti, mar shíl sí nóiméad go bhfaca sí ag teacht anuas an t-ardán é. Ach níorbh é a bhí ann, agus ansin thuig sí nach raibh ach amaidí di a bheith ag súil lena fheiceáil mar sin de thaisme. Shuigh sí síos arís, agus níor chorraigh gur shroich an traein Béal Feirste.

Bhí fear an tí ag freastal ar chustaiméirí sa siopa nuair a chuaigh sí isteach, agus ní dhearna sé oiread is beannú di. Chonacthas di go raibh cuma mhíshásta air de bharr rud inteacht. Ar aghaidh léi suas an staighre gur fhág a mála agus a cóta ina seomra féin, agus ansin chuaigh sí isteach chuig Bean Mhic Mathúna.

'Tá tú ar ais,' ar sise, 'shíl mé nach dtiocfá ar ais. Is maith nach marbh atá mé aige roimhe seo.'

Dhearc Máire ar an bhean a bhí sa leaba, agus ar sise ina hintinn féin, 'níor stad sí den mhanrán go fóill. Ní hionadh ar bith é nach bhfuil aoibh as cuimse ar a fear céile,' ach dhíbir sí an smaoineamh go gasta as a hintinn mar smaoineamh éagórach. Ní thiocfadh leat a bheith ag súil go mbeadh an bhean a bhí druidte istigh sa seomra phlúchtach seo foighdeach leis an té a bheadh ina shláinte.

'An dtig liom rud ar bith a dhéanamh duit?' ar sise léi.

'Tabhair aníos cupa tae chugam,' ar sise, 'agus is fearr duit ola a chur sa lampa.'

Bhí an lasair sa lampa ag bíogadh go fann, mar bhí an ola chóir a bheith reaite. Bhí an buaiceas ag dó, agus bhí néal beag smúite ag éirí uaidh a bhí ag luchtú an aeir sa seomra, mar bhí an fhuinneog druidte. Ba mhór an faoiseamh do Mháire a bhí i ndiaidh teacht isteach ón tír mar a raibh gaoth ghlan na spéire ag séideadh, éalú síos chun na cistine.

Chuir sí an citeal ar an ghás, agus bhí sí ag leagadh an tábla, nuair a tháinig sé féin isteach ón siopa.

'Dhá unsa ime, leathunsa snaoisín, bocsa cipíní, dhá unsa tae, agus mar sin de. A leithéid de shaol,' ar seisean, 'agus is mé atá tuirseach de, an seanrud céanna ó lá go lá, ó bhliain go bliain gan athrú ar bith, agus an bhean thuas an staighre ag casaoid de shíor.'

Ní thug Máire freagra ar bith ar an chaint seo, agus shuigh sé féin síos ar chathaoir go trom, agus cuma ghruama air. Mhair sé tamall ag stánadh uirthi agus í anonn agus anall fríd an chistin. Ansin ar seisean, 'Is mór a chuaigh aer úr na tíre chun sochair duit. Tá snua breá ort inniu.'

Níor lig sí uirthi go gcuala sí é.

'Ní abródh aon duine gur ag brú do chomhrá ar do chairde a bíos tú, a Mháire,' ar seisean. Ní thiocfadh léi gan gáire beag a dhéanamh fá seo. 'Och, caithfidh mé éirí arís,' ar seisean – bhí custaiméir eile i ndiaidh teacht isteach sa siopa. Bhí Máire ag tiontú ar shiúl ón tábla ag an nóiméad sin, agus tháinig siad in éadan a chéile de thaisme. Chuir sé a dhá láimh ina timpeall, agus thug iarraidh a teannadh chuige. Chonaic sí a chuid súl dearg i ndeas dí, agus mhothaigh sí a anáil shamhnasach ar a leiceann. D'aithin sí gur ag ól go trom a bhí sé thar an Nollaig.

D'éalaigh sí uaidh go réidh, agus níor fhéach sé le greim a choinneáil uirthi, ach d'imigh amach chun an tsiopa a fhreastal ar an chustaiméir. Thug sí an cupa tae suas chuig bean an tí.

'Caidé a chuir an mhoill ort?' ar sise.

'Ní raibh an citeal ag gail,' arsa Máire.

'Ar chas tú suas an gás mar a ba cheart?' ar sise.

'Chas,' arsa Máire.

'Seo,' ar sise, ag síneadh an bhuidéil agus bonn dhá scilling chuici.

Nuair a dhruid sé an siopa, tháinig sé isteach, agus shuigh síos ag an tábla. Chuir Máire a chuid os a choinne, agus shuigh sí féin ag an cheann eile den tábla, mar ba ghnách léi. Níor labhair seisean focal le linn an bhéile, agus níor labhair sise ach oiread. Nuair a bhí siad réidh, d'éirigh seisean, agus d'imigh amach. Chuaigh Máire a luí go luath an oíche sin, agus chodail sí go sámh.

Maidin lá arna mhárach, nuair a thug sí isteach a bricfeasta chuig bean an tí, thoisigh sí á ceistniú fána muintir sa bhaile. Duirt Máire léi go raibh siad go maith.

'Agus do dheartháir, caidé seo an t-ainm atá air?'

'Eoin.'

'Eoin, caidé atá seisean a dhéanamh?'

'Tá sé ar an scoil go fóill.'

'Agus caidé atá sé ag brath a dhéanamh ina dhiaidh sin?'

'Is dócha go bhfanfaidh sé sa bhaile ag cuidiú lem' athair.'

'An síleann tú go bhfanfaidh? Ní mórán atá i ndán dó ansin.'

'Eisean a gheobhas an áit.'

'Má gheibh féin, is fada a bheas sé ag fuireach leis, agus cén mhaith dó é ar scor ar bith?'

'Níl sé rómhór, admhaím.'

'Anois bí tusa i do chailín chiallmhar, agus fan anseo agamsa, agus beidh mise go maith duit. Tchífidh tú sin. Bhí eagla orm nach raibh tú ag dul a theacht ar ais. Ba mhaith leis an fhear sin thíos mé a fheiceáil curtha. Ach fanfaidh tú agam, nach bhfanann?'

'Fanfaidh,' arsa Máire, ach ba ar éigean a bhí an focal inchluinte, agus bhí áthas uirthi imeacht as an seomra.

An tráthnóna sin cheannaigh sí páipéar ban lena léamh, nuair a bheadh obair an lae thart. Bhí sí ag toiseacht a chur dúile sna finscéalta grá. Nuair a tháinig fear an tí isteach ón siopa fá choinne a chuid tae, thóg sé an páipéar – bhí sé ina luí ar chathaoir – agus thoisigh ag amharc air.

'Scéalta grá,' ar seisean, 'an sin an rud atá tú a léamh anois, shílfeadh duine nach gcuirfeadh do leithéidse spéis i scéalta grá.'

Níor labhair sí.

'Tú ag dul thart ansin i do bhéal gan smid gach lá, agus an chuma ort go bhfuil tú chomh fuar le creig, ach mura bhfuil toit ionat, tá tine ionat, mar a dúirt an fear a dúirt é,' ar seisean, agus rinne sé cineál de gháire dhrochmheasúil.

Níor labhair sí.

Nuair a d'imigh sé amach, nigh sí na soithí, agus ansin shuigh sí sa chathaoir shócúlach de chois na tine, agus thoisigh a léamh. Léigh sí scéal amháin fá chailín a phós bainisteoir an mhuilinn a raibh sí ag obair ann, agus thoisigh sí ansin ar an dara ceann. Ba mhór an pléisiúr a bhain sí as an chéad scéal, bhí tine mhaith thíos aici, agus b' fhonnmhar a chuaigh sí i gceann an dara ceann.

Mhúscail sí go tobann. Bhí a dhá láimh thart ar a hucht, agus bhí sé á pógadh. Thug sí léim ina seasamh. Bhrúigh siar uaithi é, ach leagadh an chathaoir sa choraíocht.

'Ná tar do mo chomhair,' ar sise, 'nó scairtfidh mé uirthi.'

'Á, go hIfreann leis an bheirt agaibh,' ar seisean, 'an síleann sibh nach bhfuil ionamsa ach blindeog de dhuine,' agus d'imigh sé amach arís, agus tharraing an doras go garbh ina dhiaidh. Chuaigh Máire suas an staighre chun a seomra féin go fadálach. Chuir sí an bolta ar an doras, agus shuigh sí síos ar an leaba sa dorchadas. Bhí sí ar bharr amháin creatha.

Maidin lá arna mhárach chuaigh Máire i gceann a cuid oibre mar ba ghnách léi. Rinne sí réidh na tráthanna bia, riar don bhean sa leaba, d'fhreastail ar chuid de na custaiméirí sa siopa, agus nuair a bhí na soithí nite aici tráthnóna, tharraing sí chuici páipéar na mban agus shuigh síos de chois na tine. Tháinig sé féin amach as a sheomra, agus é réidh le dul amach. Dhearc sé uirthi go géar, agus ar seisean, 'tuilleadh scéalta grá? Nach mór an dúil atá agat iontu?' Ansin rinne sé gáire searbh agus d'imigh leis.

Mhair Máire tamall gearr ag amharc ar an pháipéar agus ansin thóg sí a ceann gur dhearc ar an chlog a bhí ar an mhatal. D'fhág sí uaithi an páipéar, agus suas an staighre léi go fáilí chuig na seomra. Shín sí a lámh fán leaba, agus tharraing amach a mála. Bhí sé pacáilte réidh aici ón oíche roimhe sin. Chuir sí uirthi a cóta mór agus a hata, agus théaltaigh síos an staighre agus amach léi. Bhí a fhios aici nach bpillfeadh sí ar an teach sin go deo. Bhí sí cineál buartha go raibh sí ag tréigbheáil na mná a bhí sa leaba, ach dar léi nach mbeadh moill uirthi cailín eile a fháil.

Bhí brú do chailíní aimsire thíos i Sráid Victoria, agus chuaigh sí ar thram ag tarraingt air sin. D'fhan sí sa bhrú an oíche sin, agus an lá ina dhiaidh sin fuair sí obair ag freastal i gcaife bheag don lucht oibre ag barr Shráid Eabhraic. De bharr an phosta sin a bheith aici, bhí sí in ann díol as a lóistín sa bhrú, agus b'fhearr léi an obair sin ná dul isteach i dteach eile.

Chuaigh bliain thart, agus le linn an ama sin uilig, níor phill Máire ar an bhaile. Chuir sí litir amháin chuig a hathair i ndiaidh di teitheadh as teach Mhic Mathúna, agus dúirt leis gurbh éigean di imeacht, cé nár luaigh sí cúis ar bith. Fuair sí freagra uaidh ag rá léi go gcaithfeadh sí dul ar ais ag an mhuintir a d'fhág sí, agus gur bheag an buíochas a bhí inti i ndiaidh dóibh a bheith chomh maith sin di. Níor chuir sí freagra ar bith chun an bhaile ar an litir sin, agus níor phill sí ag an Nollaig féin, cé gur sheol sí deich bpunt chuig a hathair, agus punt chuig Eoin. Bhí an caife druidte lá Nollag, agus b'uaigneach a chaith sí an lá sin. I ndiaidh am dinnéara chuaigh sí amach a spaisteoireacht ar na sráideanna. Ní raibh ach corrdhuine amuigh, agus bhí cuma lom aimlithe ar an cheantar. Bhí siorradh fuar gaoithe ag teacht isteach ón loch a chonálfadh na corra. Ach ina ainneoin sin shiúil Máire léi. Tháinig sí go dtí an clog, agus thiontaigh ar thaobh na láimhe deise agus síos léi fá dhéin na nduganna. Dar léi go mbreathnódh sí ar an uisce. Shiúil sí thar beirt saighdiúir a bhí ag iarraidh foscadh ón ghaoth i ndoras siopa, agus nuair a shiúil thoisigh an bheirt acu a fheadaíl léi. Ní thug Máire aird ar bith orthu. Ach ansin casadh scaifte saighdiúirí uirthi, agus ní go héasca a rinne sí a bealach fríothu. Nuair a chonaic sí scaifte eile ag tarraingt uirthi – ag teacht ó bheairic Ard Mhic Neasca a bhí siad – chor sí síos taobhshráid, agus sheachain iad. Bhain sí an brú amach arís. Bhí áthas uirthi gur fosclaíodh an caife lá arna mhárach.

Grá

BHÍ DÚLAÍOCHT AN GHEIMHRIDH thart. Bhí an dreach fuar diolba ag imeacht de na sráideanna, agus d'éadan na dtithe. Bhí dosán beag cromcheann ag croitheadh a mbláthanna go cróga i ngaoth an Mhárta as boscaí ar leacacha na bhfuinneog thall is abhus. Bhí an ghrian ag téamh na gcosán agus ag soilsiú ar na ballaí tráthnóna. Ba mhór an fuadar a bhí fá na gealbhain agus fá na druideoga ar chraobhacha na gcrann críon i gclós na heaglaise gallda i gcearnóg an teampaill. Bhí fir amuigh ag dathú na siopaí agus iad ag caint agus ag gáire le chéile. Bhí an t-earrach ann. Bhí a fhios ag Máire go raibh na sabhaircíní ag gealadh na mbruach i Lag na Coille, agus go raibh na huain ag méiligh ar shleasa Chnoc na gCarn. Bhí sí ag éirí tuirseach den obair sa chaife.

Ansin tráthnóna amháin chuaigh sí síos a fhreastal ar chustaiméir a bhí ina shuí ag tábla in aice an dorais, agus nuair a tháinig sí os a chomhair thug a croí léim le háthas mar cé a bhí ann ach Seoirse. Bhí a aghaidh dubh le toit agus deannach monarchan, agus ba ar an ábhar sin nár aithin sí ar dtús é.

'A Sheoirse,' ar sise, 'an tú atá ann?'

'Is mé,' ar seisean, 'tá mé ag obair abhus le bliain ar an oileán. Ní raibh a fhios agam cá raibh tú!'

' 'Bhfuil áthas ort mé a fheiceáil?' ar sise os íseal, agus bhí ionadh uirthi féin nuair a chuala sí na focla sin ag fágáil a béil.

'Nach bhfuil a fhios agat go maith go bhfuil?' ar seisean.

Rinne siad coinne le chéile don oíche sin.

Chuaigh siad chuig na pictiúir, chuig amharclann mhór i lár na cathrach. Níor chuir Máire spéis rómhór sa phictiúr féin, ach ina ainneoin sin bhí sí fá dhraíocht. Ní raibh sí riamh roimhe istigh i gceann de na pictiúrlanna móra faiseanta i lár na cathrach. Ní raibh uchtach aici riamh cuairt a thabhairt ar cheann acu ina haonar. Agus ba mhó a bhí galántas an árais, a mhéid, an tsíleáil ard ornáideach, na brait bhoga urláir, na suíocháin shócúlacha, an teas agus an compord, ba mhó a bhí sé sin uilig ag dul i bhfeidhm uirthi ná na heachtraí a bhí le feiceáil ar an scáileán. Agus nuair a thoisigh an ceol, agus a fuair Seoirse greim teann ar a láimh bhí sí sa ghlóir.

Ag pilleadh síos Sráid Victoria dóibh, tharraing Seoirse go tobann isteach i ndoras siopa í, agus nuair a mhothaigh sí a dhá láimh ina timpeall, thuig sí go raibh sí i gcónaí i ngrá leis.

Tháinig Seoirse chun na cathrach ar an ábhar go raibh saothrú maith le fáil le linn an chogaidh. Bhí sé ag brath airgead a chur i dtaisce le feirm a cheannach dó féin. A dheartháir Liam a gheobhadh an fheirm sa bhaile, ach bhí sé féin agus an deartháir eile Risteard ag meas go bhfágfadh an t-athair dornán airgid ag gach duine acu a chuideodh leo feirmeacha a cheannach dóibh féin, nó imeacht go Ceanada dá mba sin ab fhearr leo.

'Taobh istigh de chúpla bliain beidh go leor agam le cur leis an mhéid a bhéarfas m'athair dom – tá mé ag déanamh go dtabharfaidh sé a trí nó a ceathair de chéadta dom, agus nuair a chuirfeas mé sin leis an mhéid a shaothrós mé féin, beidh go leor agam le áit bheag dheas a cheannach a chóir baile.'

'A chóir baile?' arsa Máire go himníoch. 'Níor mhaith liom sin.'

'Cad chuige?' ar seisean.

'Och, tá a fhios agat, bheadh siad ag caint orainn sa bhaile.'

'Tchím,' ar seisean, 'níor smaoinigh mé air sin. Tá talamh maith thart fá Dhroichead na Banna, ach ní dóigh liom go bhfuil dúiche is deise sa domhan ná ár ndúiche féin.'

'Och, níl,' arsa Máire, 'is ansin a ba mhaith liom mo shaol a chaitheamh, ach b'fhearr dúinn dul áit inteacht eile.'

'Thig linn sin a shocrú nuair a thiocfas an t-am,' arsa Seoirse, 'ach ba mhaith liom a bheith ar amharc Bheanna Boirche.'

'Ba mhaith liomsa fosta,' arsa Máire.

'Ní saol nádúrtha ar chor ar bith saol seo na cathrach,' arsa Seoirse, 'beidh sé galánta nuair a bheas ár n-ait fein sa tír againn.'

'Beidh,' arsa Máire, agus dhruid sí isteach chuige.

Ba mhór a d'athraigh an saol ag Máire, i ndiaidh di casadh le Seoirse. Go dtí sin, ba chianach chumhaidhiúil a chaitheadh sí na laethe agus na hoícheanta sa chathair, ach anois b'aoibhinn léi gach uair dá raibh ag teacht. I gcuideachta Sheoirse a bhíodh sí gach tráthnóna, agus i rith an tsamhraidh sin, théadh siad amach fán tír, nó síos cois na farraige gach Domhnach, go Beannchar, nó go Domhnach Daoi, nó go dtí an Ceann Bán. Bhí an cogadh ag dul i ndéine. Bhí níos mó saighdiúirí le feiceáil gach áit. Bhí bia ag éirí gann, agus daor. Bhíodh scéalta brónacha agus uafáis ar na páipéir nuaíochta, ach ba bheag aird a bhí ag an bheirt a bhí i ngrá ar na rudaí sin. Bhí an cogadh i bhfad i gcéin. Bhí an ghrian ag soilsiú sa spéir, agus bhí siad ag taobh a chéile, gan aon duine ar na gaobhair ag smoladh an tsonais a bhí fá dtaobh díobh. Dar leo go raibh an domhan mór fána gcosa acu, agus gan i ndán dóibh ach rath is bláth, is ligeadar amach a racht.

Bhí an tAthair Ó Gallchóir i ndiaidh a bheith ag éisteacht faoistine le cúpla uair an chloig, agus bhí sé tuirseach colgach nuair a tháinig sé isteach sa seomra.

'Caidé atá de dhíth ort?' ar seisean go giorraisc.

'Tá, ba mhaith liom socrú a dhéanamh fá phósadh,' arsa Máire.

'Cé atá le pósadh?' ar seisean.

'Mise, mé féin,' ar sise.

'Cad chuige nár dhúirt tú sin ar dtús?' ar seisean. 'Cé hé an fear?'

'Seoirse,' ar sise, 'Seoirse Mac Giolla Rua,' ar sise, agus crith ina glór.

'Albanach?'

'Sea.'

' 'Bhfuil sé sásta iompú?'

'Níl, níl – go fóill.'

'Nach bhfuil a fhios agat go maith go bhfuil an Eaglais go tréan in éadan a leithéid sin de phósadh? Gabh ar ais chuig an fhear seo, agus abair leis go gcaithfidh sé iompú ina Chaitliceach má theastaíonn uaidh tú a phósadh agus ansin tar ar ais chugamsa.'

'Maith go leor,' arsa Máire go suaimhneach mar a bheadh sí ag caint léi féin.

'Ní as an pharóiste seo tú?' arsa an sagart.

'Ní hea,' arsa Máire.

'Caithfidh tú litir cheada a fháil ó shagart an pharóiste inar tógadh tú.'

'Maith go leor,' arsa Máire, agus thiontaigh sí chuig an doras, agus ag an nóiméad sin bhí a fhios aici nach mbeadh sí ar ais.

'Nach beag seanadh atá sa chailín sin!' adúirt a hathair níos mó ná uair amháin an samhradh sin, nuair nach dtug sí cuairt ar bith ar an bhaile.

'Is maith nach ndéanann sí dearmad cúpla punt a chur chugainn ó am go ham,' arsa an leasmháthair.

Focal ní abradh Eoin. Ach ba mhór a bhí sé ag crothnú Mháire, agus bhí sé ag déanamh meadhráin dó ar fad nach raibh sí ag scríobh chuige níos mó. B'éigean do rud inteacht a bheith cearr, dar leis. I ndeireadh an tsamhraidh stad na litreacha de theacht. Stad, ar an ábhar go raibh Máire pósta, agus ar an ábhar nár mhian léi fios a bheith ag a muintir cá háit a raibh cónaí uirthi féin agus ar Sheoirse. I sráid i gceantar Bhóthar na Seanchille a bhí siad ina gcónaí. In oifig clárlainne a pósadh iad.

BHÍ GEARRADH DUBH NA NOLLAG ann, agus ainneoin go raibh an cogadh ar siúl, bhí na sluaite daoine ag siopadóireacht i lár na cathrach. Ní raibh fairsingeacht ar na sráideanna acu, nó sna siopaí. Gach áit bhí daoine ag brú a chéile i leataobh go borb mímhúinte. Bhí na tithe tábhairne ag cur thar maoil le fir a bhí ag scaipeadh go fras an airgid mhóir a bhí siad a fháil sna monarchana, nó i gclós na long. Bhí na mná ag sciobadh earraí óna chéile, agus ag cur chun daoirse ar a chéile. Thall agus abhus bhí páistí, a scaradh óna máithreacha sa chíor thuathail, ag screadaigh in ard a gcinn agus a ngutha. Amuigh ar an bhealach mhór bhí giománaigh na gcarr ag mallachtú ar a chéile, agus lucht na dtramanna ag bualadh a gcuid clog go mífhoighdeach. Bhí gleo is callán, driopás agus díbhirce ar fud na cathrach, agus i bhfuinneog chorrshiopa bhí dealbh de Shan Nioclás, agus gáire fann ar a bhéal.

Bhí siopa Woolworth plódaithe, ach d'éirigh le Máire brú ar aghaidh isteach, agus bhí sí ag imeacht ó chuntar go cuntar, agus gan í cinnte go raibh rud ar bith de dhíth uirthi go fíor. Ach bhí a fhios aici gurbh annamh a thigeadh bean ar bith den chomharsanacht anuas chun na cathrach gan cuairt a thabhairt ar theach Woolworth, agus i ngan fhios di féin bhí gnásanna na comharsanachta ag greamú di. Stad sí ag cuntar mar a raibh bréagáin ar díol. Ní thiocfadh léi a rá cad chuige ar stad sí ansin, mar bhí a fhios aici nach raibh rún aici bréagáin ar bith a cheannach an bhliain seo. Ach thoisigh sí ag amharc orthu mar sin féin. Dar léi gurbh iad a bhí suarach go leor. D'adhmhad a bhí an mhórchuid acu déanta, go fiú na bábóga, agus leathdhéanamh ciotach a tugadh orthu, dar léi. Thóg sí a ceann, agus nuair a thóg dhearc sí isteach idir an da shúil ar aghaidh mná a bhí ina seasamh os a coinne ag an taobh eile den chuntar. Ainneoin go raibh gloiní ar an bhean, agus cochall dubh uirthi d'aithin sí Bríd.

'A Mháire,' arsa Bríd. Thiontaigh Máire chomh gasta agus a tháinig léi, agus tharraing ar an doras. Ach níorbh fhurasta deifir a dhéanamh sa siopa phlódaithe sin, agus sular bhain sí an tsráid amach fuarthas greim láimhe uirthi, greim teann.

'Lig dom, a Bhríd,' ar sise, 'tá na daoine ag coimhéad orainn.'

'Ní ligfidh,' arsa Bríd, 'cad chuige a bhfuil tú ag iarraidh éalú uaim? Bíodh ciall agat.'

'Lig dom,' arsa Máire arís.

'Ní ligfidh,' arsa Bríd, 'siúil leat go raibh tamall comhrá againn le chéile. Tá lúcháir orm tú a fheiceáil. Nach bhfuil áthas ortsa mise a fheiceáil?'

'Och,' arsa Máire.

'Siúil leat,' arsa Bríd.

Chuaigh siad thart an coirnéal agus isteach i gcaife a bhí ansin.

'Shíl mé gur ar shiúl san Afraic a bhí tú, a – níl a fhios agam cén t-ainm a ba cheart dom a thabhairt ort anois,' arsa Máire.

'An tSiúr Benignus is ainm dom anois, ach tabhair tusa Bríd orm inniu. Bhí mé le dul chun na hAfraice ar ndóigh, agus tá go fóill, ach chuir an cogadh seo moill ar gach rud. Ní bheimid ábalta dul amach go raibh sé thart.'

'Tchím,' arsa Máire, agus mhothaigh sí nach raibh an chaint ag teacht go réidh léi.

'Ach, cogar, an raibh tú sa bhaile le gairid?'

'Ní raibh – le gairid,' arsa Máire, agus níor dhúirt sí níos mó ná sin.

'Is trua sin,' arsa Bríd, 'léim mo chroí le háthas nuair a chonaic mé tú. Is minic a bhuail cumha mór mé sa chlochar, a Mháire, cumha i ndiaidh an bhaile, cumha i do dhiaidhse, cumha i ndiaidh na seanlaethe. An cuimhin leat an t-am a leag muid amach ár gcuid pingneacha a chur i dtaisce sa dóigh is go mbeimis in ann rothair a cheannach?'

'Is cuimhin liom go maith é, a Bhríd,' arsa Máire agus rinne sí gáire beag anbhann.

'Ní dóigh liom gur leanamar den choigilt rófhada,' arsa Bríd.

'Níorbh fhiú dúinn an chorrphingin a gheibhimis a chur i dtaisce,' arsa Máire, 'ní dóigh liom go mbeadh luach rothair ag ceachtar againn go fóill, dá leanaimis á gcur i dtaisce.'

'Ní bheadh,' arsa Bríd, agus rinne sí gáire croíúil, 'mar sin féin, nár dheas a bheith chomh soineanta sin go smaoineoimis ar a leithéid?'

'Ba dheas,' arsa Máire.

'Agus an cuimhin leat an lá a tháinig bean Shéamais Uí Ainbhith amach orainn, nuair a shín mise mo lámh in airde chuig an rós?'

'Is cuimhin liom sin go maith,' arsa Máire.

'Scanraigh sí an t-anam asam, agus ní raibh rún ar bith agam an rós a bhaint. Ní raibh ann ach gur mhaith liom a bholadh a chur.'

'Bhí a fhios agam sin,' a deir Máire.

'Ach is mé a fuair an scanradh an lá sin. Theith mé an

méid a bhí i mo chorp.'

'Theith mé féin.'

'An cuimhin leat seanIsibéal? Chuireadh sí mo sháith eagla orm i gcónaí.'

'Agus ormsa.'

'Níl a fhios agam an beo nó marbh atá sí.'

'Níl a fhios agam.'

'Agus an cuimhin leat an lá a thit Seoirse Mac Giolla Rua isteach san abhainn?'

'Is cuimhin liom go maith é.'

'Agus 'bhfuil cuimhne agat ar an turas, an lá a chuamar chun na trá leis an Mháistir, an lá a bhain Seoirse an rás?'

'Is cuimhin liom.'

'Bhí lá mór againn an lá sin.'

'Bhí go deimhin.'

'Is maith is cuimhin liom go mb'fhearr liomsa an bhuaidh a bheith ag Tomás Rua Ó Gallchóir. Ach bhuaigh Seoirse air. Bhí Seoirse iontach maith ag rith. Inis dom, a Mháire, caidé mar atá Seoirse?'

Bhain an cheist seo geit as Máire, ná bhí sí a chóir a bheith cinnte ón mhéid a bhí ráite ag Bríd go dtí sin nach raibh a fhios aici go raibh sí féin agus Seoirse pósta ar a chéile. D'éirigh sí bán san aghaidh, ach ar sise. 'Tá sé go maith, go raibh maith agat.'

'Abair leis go raibh mé á fhiafraí,' arsa Bríd.

'Déarfaidh cinnte, beidh áthas air scéala a fháil uait.'

'Maise nach n-imíonn na blianta go gasta? Cé a chreidfeadh é, tusa agus Seoirse pósta, agus mise i mo bhean rialta? Shílfeá gur inné a bhíomar ag siúl fríd Lag na Coille.'

'Shílfeá sin.'

'In am inteacht, ba mhaith liom dul a spaisteoireacht leat fríd Lag na Coille arís, a Mháire.'

'Ba mhaith liomsa sin fosta.'

'Lá inteacht nuair a thiocfas mise ar ais ón Afraic – ní bheidh cead agam cuairt a thabhairt ar an bhaile go dtí sin – lá samhraidh inteacht le cuidiú Dé rachaidh mé féin agus tú féin a spaisteoireacht fríd Lag na Coille arís, a Mháire.'

'Rachaidh,' arsa Máire, ach ní raibh san fhocal ach anáil éadrom, agus bhí na deora ina súile.

'Caithfidh mé bheith ag imeacht anois,' arsa Bríd, 'tá agam le dul suas go Contae an Chabháin amárach. Slán leat, a Mháire, tabhair aire duit féin,' ar sise, ag amharc go géar uirthi. 'Beannacht Dé ort.'

Bhí sí ar shiúl.

D'imigh Máire chun an bhaile caol díreach ar an tram. Theastaigh uaithi Sráid Herbert, mar a raibh cónaí uirthi, a bhaint amach chomh luath agus a thiocfadh léi. Theastaigh uaithi a bheith léi féin. Bhí a fhios aici go gcaithfeadh sí an tocht a bhí ina cliabh a ligean amach nó bhrisfeadh a croí. Nuair a chuaigh sí fá theach, chuir sí an glas ar an doras, suas an staighre léi chun an tseomra leapa, chaith í féin ar an leaba agus chaoin uisce a cinn.

I ndiaidh tamaill shíothlaigh an racht, d'éirigh sí agus thriomaigh a cuid súl. Níor mhaith léi go dtabharfadh Seoirse faoi deara nuair a thiocfadh sé chun an bhaile óna chuid oibre go raibh sí i ndiaidh a bheith ag caoineadh, nó bheadh sé ag fiafraí di cén fáth caointe a bhí aici. Agus b'fhéidir nach raibh an scéal chomh dona is a shíl sí ar dtús. B'fhéidir nach raibh a fhios ag Bríd nach san eaglais a pósadh iad. Nárbh í a bhí deas? Nach aici a bhí an dea-chroí nár luaigh an scéal sin ar chor ar bith? Eagla a bhí uirthi gur toiseacht a sheanmóireacht a dhéanfadh sí. Ní aithneofá ar a cuid cainte gur bean rialta a bhí inti ar chor ar bith. Ba sin Bríd.

Chuaigh sí a bhaint di a cóta mór, agus chuir sí a lámh ina póca lena sparán a thógáil amach as, agus fuair sí rud inteacht idir a méara. Bonn beag a bhí ann, bonn beag de chuid na Maighdine Muire. Dhearc Máire ar an bhonn go géar. Tháinig olc uirthi do Bhríd. Cad chuige a ndéanfadh sí a leithéid? Cad chuige a dtabharfadh sí a leithéid de mhasla di? Bhí a fhios aici anois caidé a bhí sí a mhaíomh nuair a bhí sí ag caint fán bheirt acu dul a spaisteoireacht fríd Lag na Coille arís. Bhí na mná rialta seo uilig mar an gcéanna. Chaithfeadh sí an bonn uaithi. Chaithfeadh sí sa tine é nuair a rachadh sí síos chun na cistine. Ach níor chaith. Chuir sí isteach i bpóca a naprúin é.

Tráthnóna amháin i ndiaidh na Nollag, nuair a tháinig Seoirse chun an bhaile bhí a trí nó a ceathair de chláir leis ar a ghualainn.

Dhearc Máire air, agus ar sise. 'Caidé atá tú a dhul a dhéanamh leo sin?'

'Tchífidh tú é,' arsa Seoirse, agus rinne sé gáire, 'Tá mé ag dul a fháil cúpla colúr, agus caithfidh mé cró beag a dhéanamh dóibh ar dtús.'

'Colúir?' arsa Máire. 'Cad chuige ar mhaith leat colúir a choinneáil?'

'Bhí dúil agam iontu i dtólamh,' arsa Seoirse, 'bhí ó chonaic mé den chéad uair sa bhaile iad ag Bilí Mac Néill. Bhí scaifte an-bhreá aigesean.'

'Chuala mé riamh nach mbíodh an t-ádh san áit a mbíodh siad,' arsa Máire.

'Och, cé a bhéarfadh aird ar phisreogacht den chineál sin?' a deir Seoirse.

'Ní raibh mórán ratha riamh ar Bhilí Mac Néill nó ar a theaghlach. Bhíodh siad i gcónaí ag stracadh leis an saol, agus an saol ag stracadh leo.'

'Bhíodh go leor daoine ag stracadh leis an saol, nach

mbíodh colúir ar bith acu. Tá siad ag na fir uilig anseo.'

'Och, rudaí salacha atá iontu,' arsa Máire, 'agus tá an clós sin róbheag dóibh, cibé ar bith.'

'Ní bhíonn siad salach, má bhíonn cró maith agat, agus má choinníonn tú glan é.'

'Seo, suigh anall, tá do chuid tae réidh,' arsa Máire, 'ach b'fhearr liom an obair sin a fhágáil agatsa.'

'Ná bíodh eagla ar bith ort,' arsa Seoirse, 'amharcfaidh mise ina ndiaidh.'

'Caidé an cothú a bhéarfas tú dóibh?'

'Gheobhaidh mé gráinnín coirce dóibh gach seachtain.'

'Díolfaidh tú as sin.'

'Och, ní chosnóidh sé mórán, ní bheidh agam ach cúpla ceann.'

D'oibrigh Seoirse go dícheallach gach tráthnóna, agus fá cheann na seachtaine bhí an cró réidh aige. Chuir sé dath gorm ar na taobhanna, dath bán ar an toiseach agus aol ar an taobh istigh. Ba de chreataí caolaigh a bhí an toiseach déanta agus doras beag tógála air, a dhruid sé ar na colúir nuair a rachadh siad isteach.

'Fan go bhfeice tú iad seo,' ar seisean nuair a tháinig sé chun an bhaile an Satharn sin a bhí chucu, agus chuir sé a lámh isteach i mbosca a bhí leis, agus thóg amach colúr bán.

'Nach deas é?' ar seisean.

'Is deas,' arsa Máire.

'Níl tú ag amharc air ar chor ar bith,' ar seisean.

'Tá mé i ndiaidh amharc air,' arsa Máire, 'an síleann tú nár leag mé súil riamh roimhe ar cholúr?'

'Ach seo péire galánta,' arsa Seoirse, 'amharc ar an cheann seo,' agus thóg sé amach an ceann eile, ceann a raibh dath deas liath air.

'Tá siad deas ceart go leor,' ar sise, 'ach chuala mise i gcónaí gurbh iad an mhuintir ghorm ab fhearr ag eitilt.'

'Caidé an t-eolas atá agatsa orthu?'

'Chuirfeadh sé ionadh ort anois,' ar sise, 'is faide mise i mBéal Feirste ná tusa.'

'Cinn ghalánta iad seo cibé ar bith,' ar seisean, 'gabh amach liom go gcuirfimid isteach sa chró iad.'

Amach sa chlós leo gur chuireadar isteach iad. Sheas siad ansin nóiméad ag amharc orthu. Tháinig an dá cholúr amach go toiseach an chró mar ba mhian leo á dtaispeáint féin, agus thoisigh a shiúl anonn is anall go státúil.

'Níl eagla ar bith orthu,' ar Seoirse, 'shílfeá go dtaitníonn a n-áras úr leo.'

'Tá tú ar chéill na bpáistí go fóill,' arsa Máire, 'tá a fhios agamsa caidé atá orthu – ocras. Caith gráinnín den choirce sin chucu, agus ansin tar isteach chuig do dhinnéar, nó beidh sé millte.'

'Bhí an ceart agat, a Mháire,' ar seisean, nuair a tháinig sé isteach, 'is orthu a bhí an t-ocras, caithfidh sé nach bhfuair siad mórán le hithe sa siopa.'

'Agus cé a dúirt tamall ó shin nach raibh eolas ar bith agamsa orthu mar cholúir?' ar sise, agus rinne sí gáire.

'Tá mé ag déanamh go bhfuil tú ag éirí dúilmhear iontu cheana féin,' ar seisean.

'Och, is cuma liom fá dtaobh díobh, 'fhad is nach gcaitheann tú barraíocht airgid orthu. Tá rún againn feirm a cheannach, tá a fhios agat.'

'Tá a fhios agam sin.'

Cúpla seachtain ina dhiaidh sin, tháinig Seoirse chun an bhaile, agus péire eile colúr leis, péire gorm.

'Bhí an ceart agatsa, a Mháire,' ar seisean, 'is iad na cinn ghorma is fearr ag eitilt.'

' 'Bhfuil tú ag dul a dhíol an phéire eile?'

'Níl,' ar seisean, 'deir na fir uilig go gcaithfidh níos mó ná péire a bheith agat. Mura mbíonn agat ach péire, thig cumha orthu.'

'Bhí mé ag meas gur mar sin a bheadh sé,' ar sise.

'Nuair a bheas an péire seo agam tamall, féachfaidh mé i rás iad,' ar seisean, 'thig leat airgead a bhaint sna rásaí leo.'

'Agus airgead a chailleadh, is dócha,' ar sise, agus níor dhúirt sí níos mó, mar bhí a fhios aici go raibh Seoirse ina cheann mhaith di.

Ní théadh Máire a chóir eaglaise ar bith. Tháinig an ministir ar cuairt chucu cúpla uair. Rinne sé a chomhrá leo go deas múinte pléisiúrtha ar feadh tamaill, ach nuair a d'éirigh sé le himeacht, dúirt sé leo go raibh súil aige go bhfeicfeadh sé an bheirt acu ag an tseirbhís an Domhnach sin a bhí chucu.

'B'fhéidir go bhfeicfeá mise,' arsa Seoirse, 'ach ní bheidh mo bhean i láthair.'

'Och, cad chuige?' arsa an ministir mar a bheadh iontas air.

'Bhal,' arsa Seoirse, 'ní bheidh sí ag dul ann.'

'Tchím,' arsa an ministir, 'is mór an trua sin. Is maith liom i gcónaí lánúin óg a fheiceáil ag teacht isteach chugam. Beidh mé ag caint libh arís. Slán agaibh.'

Nuair a d'imigh sé, chuir Máire a dhá láimh thart ar a fear céile.

'A Sheoirse,' ar sise, 'tabhair gealltanas dom nach ligeann tú dó mo chrá.'

'Ní ligfidh,' arsa Seoirse, 'ná bíodh eagla ar bith ort.'

Seachtain ina dhiaidh sin, thug an ministir cuairt eile orthu agus an iarraidh seo ní raibh sé sa teach ach nóiméad nó dhó nuair a thoisigh sé a chaint le Máire, agus a chomhairliú di freastal ar a eaglais-sin.

'Cuireann sé áthas ar Dhia,' ar seisean, 'nuair a iompaíonn Críostaí maith a cúl le bréaga na Róimhe.'

D'amharc Máire ar Sheoirse.

'Is leor sin, a Mhic Uí Ghabhann. Beidh fáilte romhat am ar bith sa teach seo 'fhad is nach dtoisíonn tú ar an téad sin.'

'Ach sé mo dhualgas an – '

'Níl rud ar bith agam in éadan tú a bheith ag comhlíonadh do dhualgais i d'eaglais,' arsa Seoirse, 'ach ní chráfaidh tú mo bheansa sa dóigh sin.'

'Maith go leor,' arsa Mac Uí Ghabhann, 'tá mé iontach buartha, a bhean Mhic Giolla Rua, má ghoill rud ar bith dár dhúirt mé ort. Slán is beannacht agaibh.'

'Nach beag atá le déanamh ag a leithéid sin ag dul thart ag céasadh daoine?'

'Och, ní ceart é a lochtú,' arsa Máire, 'nach sin a dhualgas, mar a dúirt sé féin.'

'Is dócha gur fíor sin,' arsa Seoirse.

Bhuaileadh an ministir isteach chucu anois agus arís, ach ní thug sé iarraidh arís cúrsaí creidimh a tharraingt air le Máire. Théadh Seoirse chug an tseirbhís tráthnóna corrDhomhnach. Ach gach Domhnach chruinníodh Arm an tSlánaithe sa tsráid, agus sheinneadh siad a gcuid gléasanna ceoil, agus chanadh siad a gcuid dánta diaganta, agus bheireadh fear nó dhó acu, nó b'fhéidir bean nó dhó acu, seanmóir uathu go díograiseach, agus ba taobh amuigh de theach Mháire agus Sheoirse a chruinníodh siad i dtólamh. Nuair a thigeadh duine acu thart a bhailiú airgid, Seoirse a théadh chuig an doras le cúpla pingin. Lena linn sin, bhíodh Máire ina luí ar an leaba sa seomra i gcúl an tí.

B'ÉIGEAN MÁIRE A THABHAIRT chuig an otharlann roimh an am. Bhí an leanbh marbh nuair a rugadh é.

Bhí sí ina luí go fann sa leaba nuair a ligeadh Seoirse isteach lena feiceáil. Is ar éigean a d'aithin sé an aghaidh shnoite bhán, agus na súile scáfara brónacha a d'amharc air.

'Tá mé buartha, a Sheoirse,' ar sise, 'ní raibh neart agam air.'

'Ná bíodh buaireamh ort, a Mháire,' arsa Seoirse, agus bhí deora ina shúile 'ná bíodh buaireamh ort. Is mór an lúcháir atá orm go bhfuil tú féin slán.'

'Ní raibh neart agam air,' ar sise.

'Ná habair sin arís, a Mháire. Shílfeá go raibh duine inteacht ag fáil loicht ort. Nach mór m'áthas go bhfuil tú féin beo?'

'Ní bheidh tú ag fáil loicht orm amach anseo, nuair a bheas biseach orm?'

'Cad chuige a mbeinn ag fáil loicht ort?' ar seisean. 'Nár iarr mé ort cheana féin gan a bheith ag caint mar sin.'

'D'iarr ach – '

' Ach caidé?'

'Tá a fhios agam go bhfuil tú meallta.'

'Níl mé meallta ar chor ar bith, níl.'

'Ach, tá a fhios agam go bhfuil tú meallta. Tá mé féin meallta fá gur chaill mé an leanbh.'

'Ná bíodh buaireamh ar bith ort fá sin, a Mháire. Beidh leanbh eile agat.'

'B'fhéidir go mbeadh, ach ní thig liom smaoineamh air sin i láthair na huaire. Ní thig liom smaoineamh ach ar an duine beag a chaill mé. Tá mar a bheadh áit mhór fholamh i mo chroí.'

'Ná bí ag smaoineamh sa dóigh sin, a Mháire, nó déanfaidh tú dochar duit féin.'

'Ní bheinn ag smaoineamh mar sin, dá mbeinn cinnte nach mbeifeá féin ag smaoineamh mar sin. 'Bhfuil tú cinnte nach mbeidh tú ag fáil loicht orm amach anseo?'

'Cén dóigh a dtig leat sin a shamhailt? Cad chuige a mbeinn ag fáil loicht ort?'

'De bharr gur chaill mé do leanbh?'

'D'iarr mé ort gan a bheith ag caint mar sin.'

'Agus ní bheidh tú ag fáil loicht orm mar sin?'

'Tá a fhios agat go maith nach mbeidh.'

'Tá tú cinnte de sin.'

'Tá.'

'A Sheoirse!'

'Caidé, a Mháire?'

' A Sheoirse, 'bhfuil tú i ngrá liom go fóill?'

'Nach bhfuil a fhios agat go maith go bhfuil?'

'A Sheoirse!'

'Caidé?'

'Beir greim ar mo láimh.'

Rug sé greim láimhe uirthi, agus shílfeá gur thit sí chun suain ar feadh tamaill, agus mhair Seoirse ina shuí ansin ina thost. Fá dheireadh d'fhoscail sí a súile arís agus ar sise, 'A Sheoirse, caithfidh tú imeacht anois, beidh an bhanaltra ag teacht.'

'Maith go leor,' ar seisean, agus d'éirigh sé ina sheasamh. Ba mhaith leis clár a héadain a phógadh, ach bhí leisce air mar bhí ceathrar eile othar sa seomra agus cairde ar cuairt acu.

'Ní bheidh sé i bhfad go raibh mé sa bhaile,' ar sise, 'tá mé ag bisiú cheana féin.'

'Ní bheidh,' ar seisean, 'ach ná bíodh deifir ar bith ort amach, thig liomsa amharc i mo dhiaidh féin go maith.'

'A Sheoirse, bhí me ag smaoineamh ansin.'

'Anois ná bí ag smaoineamh ar an leanbh ar chor ar bith.'

'Ní ar an leanbh go díreach a bhí mé ag smaoineamh.'

'Agus cé air a raibh tú ag smaoineamh?'

'Ar na colúir.'

'Ar na colúir?'

'Sea, ar na colúir.'

'Agus caide a chuir na colúir i do cheann?'

'An cuimhin leat an rud a dúirt mé an lá a thug tú an chéad phéire acu chun an tí?'

'Ní cuimhin liom.'

'Dúirt me go gcuala mé riamh nach mbíonn an t-ádh an áit a mbíonn siad.'

'Och, pisreogacht!'

'B'fhéidir nach bhfuil ann ach sin, ach bhí eagla riamh orm roimh na pisreogaí. Bhíodh an dubheagla orm i gcónaí roimh seanIsibéal, ba ghnách leis na daoine a rá go raibh cumhachtaí aici.'

'Ní raibh ansin ach málóideacht.'

'B'fhéidir sin, ach bhí eagla ar go leor roimpi.'

'Níor mhaith leo a teanga a tharraingt orthu.'

'A Sheoirse, an bhfaighidh tú réitithe de na colúir?'

'Caidé?'

'An gcuirfidh tú na colúir ar shiúl? Ní maith liom fán teach iad.'

'Maith go leor, a Mháire, más sin is fearr leat.'

'Cuir ar shiúl iad, le do thoil.'

'Maith go leor, a Mháire, cuirfidh. Díolfaidh mé iad. Tá mé ag éirí tuirseach díobh, cibé ar bith.'

'Is maith sin, ní shiúlann an t-ádh leo. Beidh mé chun an bhaile chugat gan mhoill, a Sheoirse.'

D'fhág sé slán aici, agus d'imigh.

An Satharn sin a bhí chucu thug sé na colúir leis i gciseán a bhí sé i ndiaidh a fháil ar iasacht ó fhear den chomharsanacht, síos chuig siopa na n-éan i Sráid Gharfield gur dhíol sé iad. Dhá scilling an ceann a fuair sé orthu. Nuair a phill sé ar an teach, chuaigh sé amach sa chlós, agus d'fhan sé tamall ina sheasamh ansin ag stánadh ar an chró fholamh. Bhí sé tromchroíúil go leor ainneoin go raibh sé ag rá leis féin go raibh sé tuirseach de na colúir, cibé ar bith. Níor fhéach sé i rás riamh iad agus ní raibh feidhm ar bith aige leo. Go tobann chrom sé chun talaimh agus thóg tua a bhí ina luí ag a chosa agus tharraing sé buille fíochmhar ar thoiseach an chró, agus ansin ceann eile agus ceann eile agus ceann eile, go dtí go raibh moll de chláir bhriste ina luí ar urlár an chlóis. Ansin chaith sé an tua i leataobh, agus chuaigh isteach chun na cistine agus rinne réidh braon tae. D'ól sé an tae, ach cé gur ghearr sé arán dó féin níor ith sé aon ghreim de. Ní raibh ocras air. Nuair a bhí an tae ólta aige, d'fhág sé an teach agus d'imigh ag spaisteoireacht suas an bealach mór. Bheannaigh corrdhuine dá lucht aitheantais dó agus bheannaigh seisean dóibh, ach ní dheachaigh sé chun cainte le duine ar bith acu. Sheas sé i ndoras tí leanna nóiméad ag amharc isteach; ag amharc ar na fir ag ól agus ag éisteacht leis an challán a bhí ar siúl acu. Ba mhaith leis a bheith ina measc, ach ní raibh sé riamh i dteach leanna, agus bhí leisc air dul isteach. Ní ólfadh sé aon deoir dá rachadh sé isteach féin. Níor bhlais sé leann dubh ach uair amháin ina shaol, lá a bhí sé ag ceangal coirce do Tham Mac Domhnaill agus thairg Tam slogóg dó as buidéal a bhí aige. Ba mhaith a ba chuimhin le Seoirse an dóigh ar chaith sé an bolgam amach as a bhéal nuair a fuair sé an blas searbh, agus an gáire a rinne Tam faoi. Ba mhaith a ba chuimhin leis an dóigh a mbíodh bolg Tam ar crith nuair a bhíodh sé ag gáire. Ba lách an duine é mar Tam. Ach thug Seoirse fear an tí leanna faoi deara ag amharc air go fiosrach agus bhog sé leis. Nárbh aoibhinn a bheith ar ais sa bhaile ag tiontú féir sa samhradh, nó ag ceangal coirce i dtús an fhómhair? Bhí cumha air. Ní raibh áit suí ar bith anseo ar na leacracha crua seo. Ní raibh aon duine anseo a dhéanfadh caidreamh leis. Ní raibh ina thimpeall gach áit ach ballaí brící agus dubhstrainséirí.

Ba mhór an lúcháir a bhí uirthi bheith sa bhaile arís. Cé nach raibh sí ach coicís san otharlann chonacthas di go raibh sí i bhfad ar shiúl agus bhí gach rud úrnua aici go ceann tamaill. Ba dheas léi an teach, níor shíl sí riamh roimhe go raibh sé chomh deas sin, ná chomh compordach sin. Cuireadh a sáith iontais uirthi an tráthnóna a tháinig sí chun an bhaile le Seoirse. Bhí tine bhreá thíos sa chistin ag bean den chomharsanacht, agus an citeal ag gail. Bhí an gás lasta, agus cuma gheal lonrach ar gach ní nuair a dhearc sí thart uirthi. Ní raibh acu ach trioc saor suarach, tábla, tolg íléadaigh, agus tarraiceán sa chistin agus cúpla ceann de phictiúir shaora ar na ballaí, ach an tráthnóna sin ba é an áit a ba deise sa domhan é i ndiaidh loime na hotharlainne.

'Caith díot do chóta agus suigh síos anseo in aice na tine,' arsa bean den chomharsanacht, 'beidh cupa tae agam duit i gceann bomaite.'

Shuigh sí síos ar an chathaoir, lig sí do theas na tine sú isteach inti. D'amharc sí ar an bhean seo, bean Mhic Róibín as an teach ba chóngaraí di. Is ar éigean a bheannaíodh siad dá chéile sa tsráid roimhe seo. Dar le Máire gur bean a bhí inti a bhí garbh go leor ina béasa. Ba mhinic a mhothaigh sí í ag labhairt in ard a gutha, ag cur brathlaidh ar na páistí, agus á mbualadh, agus níor mhian léi a bheith rómhór léi, ach thuig sí anois go raibh éagóir déanta aici uirthi, thuig sí gur bean lách chaoithiúil a bhí inti. Ba í a bhí i ndiaidh an teach a réiteach suas, agus a d'fhág gach rud chomh glan sciúrtha sin. Ní fhanfadh sí le cupa tae féin a ól.

'Caithfidh mé rith isteach chun tí,' ar sise, 'le hamharc i ndiaidh na baicle de dhaoine fiáine atá agam, agus tá mé cinnte gurbh fhearr libh gan duine ar bith a bheith ag cur isteach oraibh tráthnóna inniu.'

Thug siad araon buíochas di.

Níor lig Seoirse di éirí maidin lá arna mhárach, dúirt sé go bhfaigheadh sé a bhricfeasta féin, agus ní hamháin go bhfuair ach thug sé cupa tae aníos chuici sular imigh sé amach chuig a chuid oibre. Ach níor fhan Máire i bhfad ina luí ina dhiaidh. Ní raibh fonn codlata uirthi. Theastaigh uaithi éirí agus dul a thimireacht fán teach arís. Theastaigh uaithi dul amach agus suas go dtí an bealach mór a bhreathnú na siopaí. Ba mhian léi a bheith i measc daoine arís a bhí i mbun ghnaithe an tsaoil. Tharraing sí uirthi a cuid éadaigh go gasta, agus síos an staighre léi. Níor mhothaigh sí laige ar bith inti féin. Chuir sí an citeal ar an ghás, agus rinne braon eile tae di féin. Níor bhac sí le bricfeasta ceart a dhéanamh agus níor ith sí ach cúpla ceapaire, bhí fonn chomh mór sin uirthi a cosa a chur fúithi arís.

Ag dul thar teach bhean Mhic Róibín di bhuail bean Mhic Róibín buille ar an fhuinneog, chroith lámh go croíúil uirthi agus rinne Máire gáire léi. Nár chineálta an bhean í, dar le Máire. Nach uirthi féin a bhí an t-ádh comharsa bhéal dorais chomh maith sin a bheith aici? Nár dheas ghlan an tsráid a raibh sí ina cónaí? Chomh geal leis na cuirtíní a bhí ar gach fuinneog, chomh snasta is a bhí na doirse uilig daite, chomh glan leis an chosán! Bhí bean amháin ar an taobh eile den tsráid amuigh ag ní na tairsí cheana féin. Thóg sí a ceann, agus dúirt, 'Tá fáilte romhat ar ais, a bhean Mhic Giolla Rua.' Thug Máire buíochas di. Is ar éigean a bhí aithne aici ar an bhean seo. Níor chuimhin léi gur chuir siad forrán ar a chéile riamh roimhe. Nárbh í a bhí dea-chroíoch? Nárbh iad na daoine a bhí dea-chroíoch? Agus cé nach raibh an geimhreadh thart go fóill, ní raibh fuacht ar bith ann an mhaidin seo, mar bhí dealán ón ghrian ag titim idir na tithe isteach sa tsráid. D'aithin Máire í féin ag dul chun aigne.

Chaith sí tamall ag spaisteoireacht suas agus anuas ag breathnú na siopaí, mar bhí gach cineál siopaí sa chomharsanacht, siopaí éadaigh, siopaí troscáin agus siopaí bia. Chuir sí a binid i gcúpla ball troscáin, i matal simléir a ba mhaith léi don chistin, agus i gclog adhmaid a bheadh deas crochta ar an bhalla. Ní raibh clog ar bith acu, ach an clog beag stáin a dhúisíodh Seoirse gach maidin. Ba mhaith léi an teach a dhéanamh deas do Sheoirse, chaithfeadh sí níos mó aire a thabhairt dó feasta. Bhí mná sa tsráid arbh é a bhfor is a bhfónamh a bheith ag deisiú a gcuid tithe. Ach ní raibh an t-airgead aici go fóill leis an troscán a cheannach. Thug sí cuairt ar shiopa an bhúistéara agus ar shiopa an ghrósaera, mar ba mhian léi tráth bia speisialta a thabhairt do Sheoirse nuair a thiocfadh sé chun an bhaile. Theastaigh píosa maith feola uaithi. Nach daor a bhí an fheoil? Chonacthas di go raibh an luach i ndiaidh éirí ó chuaigh sí isteach san otharlann. Bhí fosta. D'admhaigh an búistéir féin sin. Bhí achan rud ag dul chun daoirse, agus ag éirí gann. Bhí an t-ádh uirthi giota feola mar sin a fháil. Agus uibheacha! Ní thiocfadh le duine ar bith uibheacha a cheannach anois. Seacht scillinge an dosaen a bhí siad. Cá huair a bheadh an cogadh seo thart?

Nuair a phill sí chun tí, chuaigh sí amach sa chlós le cipíní a fháil leis an tine a 'fhadú. Baineadh stangadh aisti, nuair a chonaic sí go raibh cró na gcolúr leagtha, agus ní hamháin sin, ach go raibh na cláir uilig scoilte briste ag Seoirse mar chonnadh. Sheas sí ansin nóiméad ag stánadh ar an mholl adhmaid. Ansin bhailigh sí bacóg de go fadálach agus thug isteach léi í. Nuair a bhí sí ag leagan na gcipíní sa ghráta ní thiocfadh léi gan an dath gorm agus an dath bán a bhí orthu a thabhairt faoi deara. Chomh díbhirceach is a d'oibrigh sé nuair a bhí sé ag tógáil an chró! Chomh bródúil is a bhí sé as nuair a bhí sé daite aige! Ba chuimhin léi an tráthnóna a thug sé an chéad phéire colúr chun an bhaile. Bhí sé chomh dúilmhear iontu le gasúr.

Thoisigh aiféala a theacht uirthi. B'fhéidir nár cheart di a rá leis na colúir a dhíbirt. B'fhéidir gur aige a bhí an ceart nuair a dúirt sé nach raibh sa chaint fá iad a bheith mí-ámharach ach pisreogacht. Nach raibh siad ag go leor de na fir ina dtimpeall? Is cinnte go gcrothnódh sé iad. Chuaigh sí amach chuig an chlós arís, agus dhearc sí ar an bhalla a bhí os a coinne. Nach lom a bhí sé anois, nuair a bhí an cró leagtha. Nach uaigneach a bhí an clós. Thiontaigh sí isteach chun tí. Nach suaimhneach a bhí sé sa chistin anois. Ní raibh gocarsach na gcolúr le cluinstin níos mó. Ar dhóigh bhí sí i ndiaidh éirí cleachta le sin, agus ní bhíodh cumha uirthi sa teach. Ach bhí ciúnas sa chistin anois, marbhchiúnas. Chroith sí í féin. Chaithfeadh sí gan a bheith ag meabhrú fá sin. Ach labhródh sí le Seoirse fá na colúir nuair a thiocfadh sé chun an bhaile tráthnóna. Déarfadh sí leis go bhféadfadh sé na colúir a bheith aige, go bhféadfadh sé cró a ba mhó ná an seancheann a thógáil, nach raibh a dhath aici ina n-éadan.

Ach nuair a tháinig sé chun an bhaile níor dhúirt sí a dhath den chineál leis. Bhí leisce uirthi na colúir a lua leis, agus bhí a fhios aici ina croí istigh nár theastaigh uaithi iad a fheiceáil arís fán teach. Shíl sí fosta go raibh Seoirse cineál tostach an tráthnóna sin. Ba dhócha gur tuirseach a bhí sé, agus dar léi gurbh fhearr gan é a chrá, gur á chrá a bheadh sí dá gcuirfeadh sí na colúir i gcuimhne dó.

Tráthnóna beag fuar i ndeireadh an Mhárta bhí Máire ina suí os coinne na tine. Bhí sí fá ghruaim. Dornán páipéar a bhí ina láimh aici ab údar don ghruaim. Doicéidí gealltóireachta a bhí iontu. Nuair a tháinig sí orthu i seanchóta le Seoirse a bhí sí ar tí a chrochadh amuigh sa chlós ní raibh a fhios aici ar dtús caidé a bhí iontu, ach nuair a thug sí an dara hamharc orthu bhí a fhios aici caidé bhí aici. Nach bhfaca sí ag Frainc Mac Mathúna iad? Bhí Seoirse ag cur geall ar chapaill. Bhí sin soiléir, agus ní hamháin sin ach ag cur geall go trom orthu. Bhí cúig scillinge marcáilte ar an mhórchuid de na doicéidí, agus deich scilling ar chorrcheann acu. Nach í a bhí meallta? Caidé a bhí ag teacht ar Sheoirse ar chor ar bith? An raibh sé ag déanamh dearmaid ar fad den rún a bhí acu feirm a cheannach? Ní bheadh an t-airgead acu go deo leis an fheirm a cheannach, dá leanfadh sé de bheith ag cur a chuid airgid amú ar an dóigh seo. Nach raibh sa chaint fán fheirm ach aisling nach dtabharfaí in éifeacht? Thuig sí nach ar Sheoirse féin a bhí an locht. Ba é seo an toradh a bhí ar dhíbirt na gcolúr, agus ba í féin a thug air a ndíbirt. Ach b'fhéidir nach raibh baint ar bith ag an dá ní le chéile. An chathair agus nósanna na cathrach a bhí ag fáil a bhua. Gan fiú na mban féin sa chathair nach mbíodh ag cur geall ar na capaill. B'fhéidir go raibh an chathair ag fáil a bua féin. Ach má bhí, níorbh é ba mhian léi a saol uilig a chaitheamh sa tsráid bheag chúng seo. Chaithfeadh sí labhairt le Seoirse. Bhéarfadh sí air gach pingin a chur i dtaisce. Mura n-imeodh siad as an cheantar seo, thitfeadh sí i ndroim dubhach ar fad. Ag meabhrú mar sin a bhí sí nuair a mhothaigh sí an drandán ceoil taobh amuigh ar an tsráid, agus ansin buaileadh tailm ar an doras. Sháigh sí na duilleoga páipéir isteach i bpóca a naprúin, agus chuaigh amach go cineál imníoch mar gurbh annamh a thigeadh aon duine thart ag an uair sin den tráthnóna. Ba mhór an t-ionadh agus an t-áthas a bhí uirthi nuair a fuair sí aici ansin Diní Ó hAilpín. Níor stad sé den drandán le beannú di ach scuab isteach roimhe í, d'fhág mála páipéir ar an tábla, agus tharraing thart an t-urlár í cúpla uair mar a bheadh sé ag rince léi. 'An Danóib Ghorm' an port a bhí aige.

Thoisigh sí a gháire go rachtúil, agus sa deireadh b'éigean dó í a scaoileadh uaidh.

'An cuimhin leat an oíche a rinne muid an waltz sin le chéile?' ar seisean.

'Is cuimhin liom go maith,' ar sise, 'ach caidé mar a fuair

tú amach an áit a raibh cónaí orainn?'

Chuir sé a mhéar lena bhéal.

'Bíonn dóigheanna rúnda ag mo leithéidse teacht ar eolas den chineál,' ar seisean.

'Is dócha go mbíonn,' ar sise, 'bíonn lucht urrúis i gcónaí ag smúrthacht thart ar gach rud.'

'Anois,' ar seisean, 'nach deas sin mar chaint? Shílfeadh duine gur fáilte a bheadh agat dom.'

' Tá a fhios agat go maith go bhfuil fáilte agam duit, a Diní, tá lúcháir an tsaoil orm romhat.'

'Má tá,' ar seisean, 'déan bolgam tae ansin dom go gasta go ndéanaimid ár gcaint agus ár gcomhrá. Tá dornán de chístí deasa sa mhála sin a cheannaigh mé fá do choinne thíos i lár na cathrach.'

'Maise níor chóir duit airgead a chaitheamh orthu sin. Cístí galánta iad, agus tá ceithre luach ar chístí den chineál sin anois. Ar shíl tú nach bhfaighfeá braon tae dá dtiocfá gan iad?'

'Leoga, níor shíl mé a dhath den chineál,' arsa Diní, 'ach níor mhaith liom teacht ar cuairt chugaibh an chéad lá in Éirinn gan oiread is grabhróg ar thóin mo phóca liom.'

Rinne sí gáire.

'Caith díot do chóta, a Diní, agus faigh cathaoir duit féin, ní bheidh mé bomaite ag fliuchadh an tae.'

Nuair a bhí an tae réidh, shuigh an bheirt acu isteach chuig an tábla agus thoisigh an comhrá dáiríre.

'Bhfuil seanIsibéal beo ar fad?' arsa Máire.

'Tá go deimhin – an chailleach, agus í chomh mailíseach, agus chomh bearrtha sa teanga is a bhí sí ariamh.' 'Bhfuil a fhios agat go gcuireann sí cineál eagla orm.'

'Chuireadh sí eagla ormsa i gcónaí,' arsa Máire, 'ach caidé mar atá Roibeard?'

'An seandiabhal,' arsa Diní, 'ní chreidfeá choíche caidé atá air?'

'Caidé?' ar sise.

'An gúta! Bíonn sé ina shuí taobh amuigh den doras ar chathaoir gach lá maith agus é ag léamh an Bhíobla. Bíonn, an seandiabhal, agus ainneoin nach bhfuil siúl na gcos ann, is géire ná riamh é. Am ar bith a mbuailinnse isteach chuige, ba ghnách leis ceist a chur as an Bhíobla i gcónaí orm. Chuireadh – an seandiabhal. "Nach iontach nach bhfuil trácht ar an Phápa sa Bhíobla?" ar seisean liom lá amháin, agus shíl sé go raibh sé i ndiaidh cáithnín a thabhairt dom.'

'Is iontach,' arsa mise, 'ach nach iontaí i bhfad nach bhfuil trácht ann ar Mhac Seagháin as Baile na Cille Bige? Bhí a fhios aige go maith go raibh buaite air agus níor chuir sé aon cheist diachta orm ó shin.'

Rinne sí gáire.

'Ach mo dhearmad, is dócha gur fearr dom an t-ábhar cainte sin a sheachaint anseo. Cá huair a bheas Seoirse istigh?'

'Ní bheidh sé i bhfad anois. Dhéanfadh sé féin gáire fá sin. Ach an mbíonn tú ag bualadh isteach chuig Roibeard?'

'Bíonn gan bhréag,' arsa Diní, 'ná caidé a rinne an seandiabhal ach scairteadh orm lá amháin nuair a bhí mé ag dul thart leis an teach, agus sular scar sé liom shocair sé ar pholasaí urrúis a ghlacadh uaim. Ní thig liom féin é a chreidbheáil go fóill – urrús ar an teach agus ar fhoirgnimh na feirme ar ndóigh – agus nuair a luaigh mé leis é blianta roimhe sin, dóbair dó na madaí a dhreasú ionam.'

'Maise nach mór na hathruithe atá ag teacht ar an tsaol,' ar sise. ' 'Bhfuil Anna Mhór beo go fóill?'

'Níl, faraor,' ar seisean, 'fuair an créatúr bás bliain go Samhain seo thart. Chuidigh mé féin leis an chónair a iompar amach as an teach. Go ndéana Dia trócaire uirthi.'

'Och, tá mé buartha,' arsa Máire, 'níor chuala mé go bhfuair sí bás. Ba lách an tseanbhean í. An cuimhin leat í an oíche a thug tú aníos an gramafón, agus an dóigh a raibh sí ag caint fá Nua Eabhrac?'

'Is maith is cuimhin liom an oíche chéanna. Bhíodh sí i gcónaí ag caint fá Nua Eabhrac, agus níor chaith sí thall ach deich mí.'

'Ba sin uilig? Shílfeá óna cuid cainte gur thall a chaith sí an mhórchuid dá saol.'

'Shílfeá.'

'Agus cad chuige a dtáinig sí chun an bhaile chomh gasta sin?'

'Mar gur fágadh an áit bheag sin aici, agus ní raibh am maith ann nuair a bhí sise thall.'

'Tchím,' ar sise.

Bhí siad ina dtost tamall beag mar a bheadh siad ag meabhrú fá na laethe fadó. Ansin labhair Diní arís'.

'D'imigh do sheanchara Bríd Ní Chonghaile le bheith ina bean rialta. Ach is fada ó d'imigh sí.'

'Bhí a fhios agam sin,' arsa Máire, 'agus caidé do bharúil ach gur casadh orm abhus í. Dúirt sí liom go mbeadh sí ag imeacht amach chun na hAfraice nuair a bheadh an cogadh thart.'

'An cailín bocht. Níor mhaith liom a bheith ag dul amach ansin áit a bhfuil na hainmhithe fiáine sin uilig, leoin, agus tíogair agus nathracha nimhe. Ach níl cuma ar bith ar an chogadh seo go mbeidh sé thart gan mhoill.'

'Níl.'

'Dá bhfeicfeá Somhairle Mac Alastair a tháinig chun an bhaile as an Fhrainc tuairim is mí ó shin – 'bhfuil cuimhne agat ar Shomhairle? Bhí sé ina chónaí in íochtar an tsráidbhaile – ní thiocfadh leat a rá, agus a shamhail i gcloich, go bhfuil aghaidh ar bith fágtha air.'

'Och!'

'Sea, is daor a dhíol seisean as a chuid dílseachta.'

'Agus go leor eile acu!'

'Nach maith nach abhus in Éirinn atá an cogadh á throid acu? Creidim gur millteanach an scrios atá na gunnaí móra a dhéanamh sa Fhrainc.'

'Is maith, cé go gcreidim gur scriosadh go leor thuas i mBaile Átha Cliath anuraidh nuair a bhí an t-éirí amach sin ann.'

'Rinneadh go leor damáiste i sráid amháin, i Sráid Uí Chonaill i lár na cathrach, ach taobh amuigh de sin níor scriosadh mórán. Chuaigh mé féin suas ag amharc air.'

'Ní dheachaigh?'

'Chuaigh, mhaige.'

'Smaoinigh air sin anois. Nach agat a bíos an saol breá ag seoladh thart. Ach cogar, nach beag ciall a bhí ag na buachaillí sin, ag éirí amach mar sin in éadan na Sasanach.'

'Bhal, sin an rud a deir na daoine, nó an chuid is mó díobh ar scor ar bith. Ach is doiligh a rá.'

'Ná habair liom, a Diní, go bhfuil tusa ag dul leis an dream úr seo, muintir Sinn Féin.'

Rinne sé gáire.

'Ná bíodh eagla ort, ní ghlacfadh dream ar bith acu le ruagaire reatha mar mé.'

'Anois, ní bheinn róchinnte de sin ar chor ar bith. Tabhair aire duit féin.'

'An fada ó chonaic tú Eoin?' ar seisean.

'Is fada,' ar sise, agus tháinig na deora móra ina súile.

'Ní tháinig sé ar cuairt agaibh anseo go fóill?' ar seisean.

'Ní tháinig,' arsa Máire, 'ní raibh mé sa bhaile le cúpla bliain, tá a fhios agat.'

'Tá a fhios agam sin, a Mháire, agus ar ndóigh, ní de mo ghnaithese é, ach is mór a chrothnaíonn Eoin tú, agus ní abróidh mé níos mó ná sin.'

'Ní thig liom dul chun an bhaile, tá a fhios agat sin. Ní

bheadh fáilte ar bith acu dom.'

'Is trua sin, más fíor é,' arsa Diní, 'ní labhróidh mé níos mó fá dtaobh de anois ar scor ar bith. Tá mé buartha má chuir mé fríd a chéile thú.'

'Níl feidhm ar bith duit a bheith ag gabháil do leithscéil liom,' arsa Máire leis, 'ba mhór an lúcháir a bhí orm romhat. Níl cara is fearr agam ná tú. Beidh áthas ar Sheoirse tú a fheiceáil arís.'

'Ba dheas an buachaill Seoirse riamh,' ar seisean, 'caidé mar a thaitníonn an chathair leis?'

'Maith go leor, ach níl rún againn fanacht sa chathair i gcónaí. Táimid ag brath feirm a cheannach.'

'Nach maith sin? Sa bhaile, an ea?'

'Bhal, sa bhaile, nó cóngarach don bhaile.'

'Nach maith sin? Tá dúil agam go mbeidh sibh ar ais roimh i bhfad.'

'Tá dúil agam féin go mbeidh. Ach seo chugainn Seoirse.'

D'éirigh Diní a chroitheadh láimhe leis.

'Anois, nach bhfeiceann tú nach bhfuil sí sábháilte anseo féin?' ar seisean.

'Tchím sin,' arsa Seoirse. 'Cha raibh a fhios agam go raibh a fhios agat cén áit a rabhamar inár gcónaí.'

Chonacthas do Mháire go raibh an freagra seo cineál giorraisc, agus leis an ghoimh a bhaint as an scéal, ar sise, 'sin é an rud a dúirt mise leis, ach is dócha go mbíonn seolta achan duine ag lucht urrúis.'

'Dream cleasach iad ceart go leor,' arsa Diní, 'ní thiocfadh leat iontaoibh a bheith agat astu.'

'Mar sin féin, níl a fhios agam caidé a dhéanfadh daoine bochta gan iad,' arsa Máire.

'Caidé a rinne siad roimhe seo!' arsa Seoirse, 'ach fan go ní me mé féin, ní bheidh mé bomaite.'

'Agus beidh do chuid réidh agam nuair a thiocfas tú amach arís,' arsa Máire.

'An ag iarraidh polasaí a dhíol linn a bheifeá?' arsa Seoirse nuair a phill sé ar an chistin.

Las Diní go bun na gcluas nuair a chuala sé na focail sin. Ba léir do Mháire gur ghoill an chaint air, agus thug sí amharc imníoch ar Sheoirse. Rinne Diní cineál de gháire bheag thirim, agus ar seisean.

'Bhal, bím réidh i gcónaí le polasaí a dhíol, agus caithfidh mé a rá go mb'fhurasta comhairle a ba mheasa a thabhairt do lánúin óg ná a rá leo urrús a chur orthu féin, ach tháinig mé anseo ag amharc ar mo sheanchairde.'

'Nach bhfuil a fhios againn sin go maith, a Diní, agus nach orainn atá an lúcháir romhat? Is tú an chéad duine ón bhaile a tháinig ar cuairt chugainn.'

'Ach tá mé cinnte nár mhiste leis urrús a chur orainn san am chéanna,' arsa Seoirse, agus gan é ach ag leathmhagadh.

'Shílfeadh duine go raibh tú á iarraidh,' arsa Diní.

'Chan fhuil leoga,' arsa Seoirse, 'ní chreidim ann.'

'Char ghoid tú sin,' arsa Diní.

'Caidé atá tú a mhaíomh?' arsa Seoirse.

'Bhí d'athair i gcónaí in éadan an urrúis.'

'Is fíor duit,' arsa Seoirse.

'Bhí – go dtí le gairid. Bhí mé ag inse do Mháire anseo sula dtáinig tú isteach, gur scairt sé isteach orm, lá a bhí mé ag dul thart ar an rothar, agus caidé do bharúil ach gur chuir sé urrús ar an teach.'

'Is doiligh sin a chreidbheáil.'

'Is doiligh, ar ndóigh, ach tá sé fíor mar sin féin. Is iomaí athrach atá ag teacht ar an saol.'

'Is fíor duit,' arsa Máire.

'Ach amharc ar an chlog. Caithfidh mé a bheith ar shiúl, nó caillfidh mé an traein. Slán agaibh anois. Tá áthas orm sibh a fheiceáil go maith, agus ádh mór oraibh,' arsa Diní, 'agus tabhair thusa aire mhaith duit féin,' ar seisean le Máire.

'Go dté tú slán, a Diní,' arsa sise, agus bhí deora ina súile, 'bhí sé rí-dheas agat teacht ag amharc orainn, agus ná bíodh sé i bhfad go raibh tú ar ais.'

'B'fhéidir gur róluath a thiocfainn ar ais,' ar seisean, 'slán agat, a Sheoirse.'

'Slán leat,' arsa Seoirse.

Choimhéad siad ón doras é gur bhain sé barr na sráide amach, agus nuair a bhain, thiontaigh sé agus chroith lámh orthu, agus ansin chor sé síos an bealach mór agus d'imigh as amharc orthu. Phill siad isteach chun tí.

'Cad chuige ar fhiafraigh tú sin de, arbh é a theastaigh uaidh polasaí a dhíol linn, nach raibh a fhios agat gur ag tabhairt masla dó a bhí tú san am?'

'Dheamhan masla!'

'Ghoill an cheist go mór air, nach bhfaca tú ag lasadh é? Is cinnte nach ag smaoineamh ar a leithéid a bhí sé.'

'Agus caidé a thug anseo é? Caidé mar a fuair sé amach gur anseo a bhí cónaí orainn? Nach cinnte gur ó liosta inteacht san oifig a fuair sé an seoladh, mar a dúirt tú féin.'

'Is dócha gur ansin a fuair sé ár seoladh ceart go leor, ach is fada mise eolach ar Diní. Aithním, agus aithníonn gach duine go bhfuil nádúr maith ann. Tá a fhios agam go dtáinig sé anseo inniu de bharr go díreach gur mhaith leis a thaispeáint dúinn go bhfuil dea-chroí aige dúinn. B'iontach liom gur labhair tú chomh giorraisc sin leis, leis an chéad duine a tháinig ar cuairt chugainn ón bhaile.'

'Ní giorraisc a labhair mé leis.'

'Och! Dá gcluinfeá tú féin. Bhí náire orm.'

'Ní raibh cúis náire ar bith agat. Ní maith liom an fear sin a bheith ag spíodóireacht orainn.'

'Och, tá tú ag déanamh éagóra air, tá mé cinnte de sin. Duine iontach lách a bhí ann riamh. Is maith is cuimhin liom an oíche a tháinig sé isteach leis an airgead a bhailigh sé dúinn nuair a chaill muid an bhó.'

'Ach nach dtug daoine eile airgead daoibh ag an am sin? Nach dtug m'athair féin giní daoibh?'

'Is fíor sin, ach níor lúide de sin dea-chroí Diní.'

'Sílim gur barraíocht measa atá agat air, agus mar a dúirt mé, b'fhearr liom gan é a bheith ag teacht anseo. Agus ar scor ar bith níl d'acmhainn againn a bheith ag ceannach cístí den chineál sin dá mhacasamhail. Caithfimid ár gcuid airgid a chur i dtaisce.'

'Och, tá tú ag cur feirge orm, a Sheoirse, ba é Diní é féin a cheannaigh na cístí sin. Thug sé isteach leis iad ón chathair. Ní raibh Diní suarach nó ceachartha riamh. Is é nach raibh. Níl a fhios agam caidé atá ag teacht ort?'

'Níl rud ar bith ag teacht orm ar chor ar bith, rud ar bith ar chor ar bith,' arsa Seoirse, ach bhí a fhios aige ina chroí istigh go raibh sé i ndiaidh é féin a iompar go doicheallach dímhúinte, agus nuair a dúirt Máire leis gurbh é Diní féin a cheannaigh na cístí, fágadh gan focal é. Chuir sé air a bhearád, agus thiontaigh ar a sháil le dul amach. Ach sular shroich sé an doras, bhí greim láimhe ag Máire air.

'Cá bhfuil tú ag dul?' ar sise go cráite.

'Amach,' ar seisean, 'lig dom.'

'A Sheoirse,' ar sise, 'ná gabh amach agus fearg ort.'

'Níl fearg ar bith orm,' ar seisean.

'Tá,' ar sise, 'ná fág mar sin mé,' arsa Máire.

'Níl mé ag dul ach giota beag,' ar seisean, 'caithfidh mé Gilbert a fheiceáil.'

'Chead ag Gilbert fanacht tamall,' ar sise, 'ná himigh uaim go fóill, ná himigh uaim go fóill.'

'Caidé atá ort?'

'Ná himigh amach, a Sheoirse. Fan agam go fóill, ná bímis ag achrann le chéile. Tá eagla orm.'

'Amaidí,' arsa Seoirse.

'Fan agam, ná himigh amach,' ar sise.

'Maith go leor,' ar seisean, agus chaith sé de an bearád. Bhí sé i ndiaidh síothlú go gasta mar chuir an racht a tháinig ar Mháire ionadh air. Chuir sí a dhá láimh ina thimpeall agus leag a ceann ar a ucht.

'A Sheoirse,' ar sise, 'ná bímis ag troid, tá eagla orm.'

'Cén eagla atá ort,' ar seisean.

'Níl a fhios agam, ach tá eagla orm, ní imeoidh tú uaim?'

'Ní imeoidh, caidé a chuir sin i do cheann?'

'A Sheoirse,' ar sise, 'cad chuige a raibh tú chomh doicheallach sin nuair a bhí Diní istigh?'

'Níl a fhios agam,' ar seisean.

'Cad chuige ar dhúirt tú sin fá na císti? Ní raibh tú riamh ceachartha.'

'Níl a fhios agam cad chuige ar dhúirt mé é. Tá mé fríd a chéile le tamall.'

'Ní hionadh ar bith sin, ach is gairid go raibh achan rud i gceart arís. Bhí Diní ag caint fá na daoine uilig sa bhaile, chuir sé na seanlaethe i gcuimhne dom.'

'Ar chuir?'

'Chuir. An cuimhin leat an dóigh a mbíteá ag cuidiú liom nuair a bhímis ag baint sméar dubh.'

'Is maith is cuimhin liom é,' ar seisean, agus theann sé a ghreim uirthi.

Níor dhúirt sí focal fá na duilleoga páipéir a bhí ina póca aici an tráthnóna sin.

'Tá siad ar ais, tá siad ar ais,' arsa Máire, go tógtha, nuair a tháinig Seoirse isteach óna chuid oibre tráthnóna amháin an tseachtain sin a bhí chucu.

'Caidé atá ar ais?' ar seisean.

'Goitse go bhfeice tú iad,' ar sise agus í ag dul amach sa chlós, 'na colúir.'

Lean Seoirse í go fadálach. Bhí ceathrar de na colúir ar bharr bhalla an chlóis.

' 'Siad atá ann, ceart go leor,' ar seisean.

Chomh luath is a mhothaigh na colúir a ghlór, thuirling siad ag a chosa.

'Aithníonn siad tú,' arsa Máire.

'Aithníonn cinnte,' ar seisean, 'ag iarraidh bia atá siad.'

'Sílim go bhfuil dornán beag coirce fágtha ar an tseilf go fóill,' arsa Máire, 'amharcfaidh mé.'

'Na tabhair gráinnín ar bith dóibh,' ar seisean, 'nó ní bheimid in ann fáil réitithe díobh.'

'A Sheoirse,' ar sise, 'b'fhéidir go dtiocfadh leat cúpla ceann acu a choinneáil. Cinn deasa iad sin.'

'Níl dúil agam iontu níos mó,' ar seisean, 'beidh an fear ag teacht fána gcoinne roimh i bhfad, is dócha. Beidh a fhios aige gur anseo atá siad.'

'Thiocfadh leat iad a cheannach ar ais uaidh.'

'Níl dúil agam iontu níos mó,' ar seisean, agus chas sé isteach chun an tí.

Tháinig Máire ina dhiaidh, agus rinne réidh an tae. Shuigh an bheirt acu isteach chun an tabla, d'ith siad a gcuid, ach níor labhair ceachtar acu focal go dtí gur buaileadh cnag ar an doras.

'Sin é,' arsa Seoirse.

Bhí stócach ag an doras agus bascaed leis fá choinne na gcolúr.

'Tabhair dom an gráinnín coirce sin,' arsa Seoirse le Maire. Thug sí chuige é agus chuaigh sé amach sa chlós agus bheir ar na colúir go héasca.

'Níor fhiafraigh tú de an ndíolfadh sé leat arís iad?' arsa Máire nuair a d'imigh an stócach.

'Níor fhiafraigh,' arsa Seoirse.

Fiche uair a tháinig sé chun a béil chuici a rá leis gurbh amaideach di aird a thabhairt ar phisreogacht, nach raibh sí ach ag rámhaillí san otharlann, agus go bhféadfadh sé na scórtha colúr a choinneáil dá mba mhian leis. Ach níor dhúirt sí a leithéid. Ba léir di go raibh sé róstálaithe le géilleadh di, agus ní raibh sí róchinnte an mbeadh sí féin sásta na colúir a fheiceáil fán áit arís ar scor ar bith.

'Tá mé ag dul amach a spaisteoireacht tamall,' arsa Seoirse.

'Maith go leor,' ar sise, 'caithfidh mé na soithí a ní. Ní dócha go mbeidh tú mall ag teacht isteach.'

'Ní bheidh,' ar seisean, agus d'imigh sé.

Nuair a bhí a cuid oibre déanta ag Máire shuigh sí síos a chois na tine, agus tharraing chuici páipéar an tráthnóna. Ach ní dheachaigh aici a hintinn a leagan air, agus i ndiaidh tamaill d'fhág sí uaithi é. Bhí a fhios aici gurbh é Seoirse ab ábhar dá himní. Shíl sí go raibh sé á chrá féin fá na colúir, go raibh sé míréasúnta fá dtaobh díobh. Nár dhúirt sí leis nach raibh sí ag cur suas dóibh níos mó? Ach ba dócha go raibh cailliúint an linbh ag goilleadh air go fóill, cé gur gheall sé di nach mbeadh sé ag smaoineamh air sin ar chor ar bith. Níor chóir dó a bheith go holc di ar an ábhar sin. Caidé an neart a bhí aici air? An raibh rud ar bith eile ag cur bhuartha air? Arbh iad seo a ba chúis don ghruaim a bhí air le tamall? Tharraing sí amach as póca a naprúin na doiceidí a raibh sí, i ngan fhios di féin, i ndiaidh a bheith ag méaradóireacht orthu. Thoisigh sí á scrúdú, ag iarraidh ainmneacha saoithiúla na gcapall a léamh. Ba sin é? Ag cailleadh airgid a bhí sé i rith an ama. Labharfadh sí leis fá dtaobh de. Labharfadh. Chaithfeadh sí labhairt leis.

Néal beag ab éigean titim uirthi le teas na tine mar níor mhothaigh sí Seoirse ag teacht isteach. Chlis sí suas go tobann.

'Cá bhfuair tú iad sin?' ar seisean, ag amharc ar na doicéidí. 'Cá bhfuair tú iad? An ag cuartú mo chuid pócaí a bhí tú?'

'Chan ea ar chor ar bith, ag crochadh do sheanchóta amuigh a bhí mé.'

'Níor cheart duit baint de. Ag iarraidh airgead a bhaint a bhí mé.'

'Tá a fhios agam sin, ach sin an rud a deir gach duine, agus tá a fhios agat chomh maith liomsa gur sin an dóigh a gcaillfidh tú do chuid airgid.'

'Mise a shaothraíonn an t-airgead, agus thig liom mo rogha rud a dhéanamh leis.'

'Is fíor sin, a Sheoirse, ach caidé fán fheirm a bhí muid ag dul a cheannach? An é sin an fáth go raibh tú chomh doicheallach sin le Diní bhocht, go raibh tú ag cailleadh airgid?'

'Och, bí 'do thost liom leisean. Shílfeá go raibh mé i ndiaidh éagóir mhillteanach a dhéanamh air. Níl a fhios agam caidé a thug anseo é ar chor ar bith. Ach fan, an é seo a thug anseo é? Bíodh geall gurb é.'

Chrom sé agus thóg sé rud ón urlár – an bonn beag, bonn na Maighdine Muire a bhí i ndiaidh titim amach as póca naprúin Mháire i ngan fhios di nuair a tharraing sí amach na doicéidí. 'Ag iarraidh tú a threorú ar bhealach do leasa a bhí sé.'

'Caidé atá ag teacht ort?' ar sise go héadóchasach, 'caidé atá agat in éadan Diní ar chor ar bith go samhlófá a leithéid dó. Níorbh é Diní a thug sin dom ar chor ar bith ach Bríd Ní Chonghaile.'

'Bríd Ní Chonghaile? Cá huair a bhí tú ag caint le Bríd Ní Chonghaile?'

'Tamall gairid roimh an Nollaig.'

'Char inis tú dom go raibh tú ag caint léi.'

'Char inis, bhí mé an oiread sin fríd a chéile san am, ní thiocfadh liom a inse duit.'

'Cad chuige a raibh tú fríd a chéile?'

'Och, ba chóir go mbeadh a fhios agat. Bean rialta atá inti anois, tá a fhios agat. An tSiúr Benignus a bheirtear uirthi, creidim.'

'Agus bhí sí ag gabháil duit de bharr gur phós tú mise?'

Chuir Máire a lámh le clár a héadain, agus ansin rinne sí gáire beag. 'Níl an ceart agat an iarraidh seo ach oiread, a Sheoirse, ní raibh sí ag gabháil dom fá rud ar bith, ní bhfuair sí locht ar bith orm, ag caint fá laethe ár n-óige a bhíomar i rith an ama, fán am ar ghnách linn a dhul a spaisteoireacht fríd Lag na Coille.'

'Agus níor luaigh sí m'ainmse ar chor ar bith?'

'Luaigh anois. Is cuimhin liom go maith é. D'fhiafraigh sí díom caidé mar a bhí tú, agus d'iarr sí orm a rá leat go raibh sí ag cur do thuairisce.'

'Agus cad chuige nár dhúirt tú sin liom san am?'

'Nár inis mé duit cad chuige cheana féin?' ar sise. 'De bharr go raibh mé fríd a chéile an tráthnóna sin.'

'Agus cá huair a thug sí seo duit?'

'Níl a fhios agam.'

'Níl a fhios agat?'

'Níl a fhios, sílim gur sháigh sí isteach i bpóca mo chóta é i ngan fhios dom nuair a bhíomar ag scaradh le chéile. Níor dhúirt sí a dhath liom fá dtaobh de. Ní raibh a fhios agam go raibh sé i mo phóca go dtí go dtáinig mé chun an bhaile anseo.'

'Ba shotalach an mhaise di a leithéid sin a dhéanamh i ngan fhios duit. Arbh é sin an fáth go raibh tú fríd a cheile?'

'Ní dóigh liom gur shotalach an mhaise di sin a dhéanamh, a Sheoirse, is dócha gur mheas sí go raibh de dhualgas uirthi mar bhean rialta rud inteacht a dhéanamh. Ach bhí sí iontach deas dom, ní ligfeadh sí dom ainm ar bith a thabhairt uirthi ach Bríd, agus níor luaigh sí creideamh oiread is uair amháin.' Bhí a glór ag ardú.

'Agus cad chuige a raibh tú fríd a chéile mar sin de?'

'Cad chuige a raibh mé fríd a chéile? Och, a Sheoirse, nach dtuigeann tú gur sin an fáth? Ar an ábhar go raibh sí chomh deas sin dom, ar an ábhar gurb ise a casadh orm thar a raibh de dhaoine sa chathair an lá sin, ar an ábhar gur chuir sí achan rud i gcuimhne dom, laethe m'óige, mise agus ise ag teacht chun an bhaile ón scoil, mise agus ise agus Eibhlín, agus tusa.'

'Agus bhí tú buartha gur mise a phós tú?'

'Och, a Sheoirse, tá tú do mo chrá, tá tú ag briseadh mo chroí. Cén dóigh a dtiocfadh leat a leithéid de smaoineamh a ligean isteach i do cheann? Nach duitse a thug mé grá mo chléibh? Nach raibh mé i gcónaí i ngrá leat? Nach ar do shonsa a thréig mé mo chreideamh agus mo mhuintir?'

'Níor iarr mé ort do chreideamh a thréigbheáil.'

'Is fíor sin, agus ní raibh mórán ar bith creidimh agam san am. Tháinig mé fríd barraíocht a bhain díom é, ach thréig mé achan rud ar mhaithe leat. Agus anois tá tú ag fealladh orm, tá tú ag amharc orm mar a bheadh amhras agat orm. Ní thig liom é a sheasamh, ní thig liom é a shéasamh.'

'Fan nóiméad,' arsa Seoirse, agus d'imigh sé suas an staighre agus tháinig anuas arís, agus bosca beag dubh ina láimh leis.

'Fan go bhfeice tú seo,' ar seisean.

'Och caidé atá agat ansin?' ar sise. 'Ní thig liom níos mó de seo a fhulaingt.'

'Nóiméad amháin,' arsa Seoirse. D'fhoscail sé an bosca le heochair agus thóg litir amach as. 'Léigh sin,' ar seisean léi, 'agus tchífidh tú nach tusa amháin a thréig do mhuintir.'

Thóg sí an litir uaidh agus léigh sí amach os ard í.

Taobh na Darach,
Samhain 9, 1917.

A dhuine uasail,

Ba mhaith liom a thabhairt le fios duit nach bhfuil maith duit a bheith ag súil le cabhair ar bith uaimse feasta. Ó tharla go bhfuil tú i ndiaidh do chúl a thabhairt le do chreideamh féin, caithfidh tú an t-iomaire atá romhat a threabhadh i d'aonar. Ní bhfaighidh tú pingin ar bith uaimse le cabhrú leat dreibhlín de phápairí a thógáil.

Mise, agat,
Roibeard Mac Giolla Rua.

'Anois,' arsa Seoirse, 'nach bhfeiceann tú nach tú féin amháin a rinne íobairt?'

'Tchím,' ar sise go lagbhríoch, 'ní bheimid in ann an fheirm a cheannach, a Sheoirse, ní bheimid in ann a ceannach choíche. Rinne mé éagóir ort, a Sheoirse, rinne mé éagóir ort, go díreach mar rinne tusa éagóir ar Dhiní agus ar Bhríd. Och, ní thig liom a sheasamh níos mo.'

NÍ RAIBH DÚIIL AR BITH ag Máire i nGilbert Leaslaoi ón chéad lá a bhuail sé isteach chucu. Bhí sé féin agus Seoirse ag obair i gcuideachta a chéile. Ag cabhrú leis a bhí Seoirse, mar ba cheardaí eisean. Chonacthas di nach dtiocfadh leis sin a ligean i ndearmad in am ar bith. Chonacthas di go mbíodh sé ag amharc anuas ar Sheoirse agus uirthi fein ar fad. B'fhear de bhunadh na cathrach é, agus shíl Máire go mbíodh sé i gcónaí ag iarraidh a thabhairt le fios dóibh go raibh sé céim mhaith os a gcionn ar an ábhar sin amháin, gan trácht ar rud ar bith eile. Bhíodh sé cóirithe go deismear agus go faiseanta gach Domhnach agus gach tráthnóna Sathairn. Culaith fhíneálta ghorm air, bróga éadroma agus hata crua. Ar an Domhnach amháin a chaitheadh sé an hata, caipín geal liath a bhíodh air ar an Satharn. Bhearradh sé é féin gach tráthnóna.

Bhí Seoirse ag caint ar chulaith a cheannach, agus dúirt sé go bhfaca sé ceann a raibh dúil aige ann i siopa thuas ar an bhealach mhór.

'Níorbh fhiú duit í a chur ar do dhroim,' arsa Gilbert, 'má tá culaith de dhíth ort, caithfidh tú ceann a fháil thíos sa chathair, i dtigh Mhic Mearnóg, sa tSráid Aird.'

'Tá mé ag déanamh go mbeadh na cultacha daor ansin,' arsa Seoirse.

'Bhal, má tá culaith fhiúntach de dhíth ort, caithfidh tú díol aisti, agus gheobhaidh tú ceann fiúntach i siopa Mhic Mearnóg. Sin an áit a bhfuair mise an ceann seo. Sin an áit a dtéimse i gcónaí.'

Bhí Seoirse ag crochadh pictiúir ar bhalla na cistine lá do Mháire, ceann a bhí sí i ndiaidh a fháil ar athcheannach. Tháinig Gilbert isteach.

'Nach deas an pictiúr é?' arsa Seoirse leis.

Dhruid Gilbert siar cúpla coiscéim uaidh – ní raibh ann ach seanphictiúr clóbhuailte d'Eallach sna Garbhchríocha – agus ar seisean. 'Tá an pictiúr ceart go leor, ach ní sin an dóigh lena chrochadh.'

'Nach é?' arsa Seoirse, agus é meallta.

'Ní hé,' arsa Gilbert, 'ní choinneoidh corda agus tairne an pictiúr sin in airde. Caithfidh tú ráil a chur thart ar an bhalla, agus é a chrochadh as le slabhra. Sin mar atá mo chuid pictiúrsa go léir crochta.'

'Tchím,' arsa Seoirse.

Níor labhair Máire.

Ach ina ainneoin sin uilig bhí a fhios ag Máire nárbh é sin an fáth ba mhó nach raibh toil ar bith aici dó. D'aithin sí go raibh an fear seo ag teacht idir í féin agus Seoirse. Bhíodh Seoirse ina chosamar Domhnach agus dálach, agus b'iomaí lá agus tráthnóna a chaith sí féin ina haonar ar an ábhar sin. Théadh siad chuig na cluichí peile gach Satharn i gcuideachta a chéile, agus ina dhiaidh chaitheadh siad an tráthnóna sin ag caint agus ag caibidil fán imirt sa teach tábhairne. Ní ólfadh Seoirse ach cúpla buidéal leanna, agus lena cheart a thabhairt do Ghilbert ní fhaca sí riamh lorg an óil air; bhí sé róchríonna lena mhilleadh féin ag pótaireacht. Lena chois sin, thigeadh sé cúpla oíche sa tseachtain fá choinne Seoirse, 'le dul amach chuig an chlub,' a deireadh sé. Ach níorbh é an méid ama a chaitheadh Seoirse ina chuideachta a ba mhó a bhí ag goilleadh uirthi, mar thuig Máire go mbeadh sé díchéillí aici féacháil le Seoirse a choinneáil sa bhaile aici féin gach tráthnóna, thuig sí go mbíonn cuideachta fear ag teastáil ó fhear, níorbh é sin é ar chor ar bith, ach bhí eagla ag teacht uirthi go mbeadh Seoirse de thoradh ama ar chomhairle an fhir seo ar fad. Agus bhí rud amháin go háirithe a raibh eagla an-mhór uirthi roimhe, bhí eagla uirthi go n-iompódh sé Seoirse ina héadan féin, mar ní measúil a bhí sé ar na Caitlicigh, agus ní thugadh sé iarraidh ar bith sin a cheilt ina láthair. Ag caint fá chluiche peile a bhí sé, nuair a nocht sé an ghoimh a bhí aige dóibh den chéad uair.

'Bhéarfaimid léasadh millteanach do na Pápairí inniu – na – !' ar seisean le Seoirse.

Ní thug Máire aird ar bith ar an chaint sin, mar níor shíl sí go raibh spíd ar bith ar leith ag baint leis, ach amháin gur thuig sí nár cheart dó labhairt mar sin ina láthairse. Mar sin féin níor luaigh sí an scéal le Seoirse. Ach ansin thug sí faoi deara go mbíodh an focal géar, tarcaisneach fá na Caitlicigh ar bharr a ghoib ag Gilbert gach uair dá mbuaileadh sé isteach sa teach, agus sa deireadh rinne sí a gearán le Seoirse.

'Thug mé féin sin faoi deara,' arsa Seoirse, 'ach leis an fhírinne a rá sílim nach bhfuil neart aige air. Fear de na Fir Bhuí é, agus sin mar a labhraíonn siad uilig, ach níl dochar ar bith ina gcuid cainte. Is minic a chuala mé iad féin agus na Caitlicigh ag magadh ar a chéile ar an Oileán mar sin.'

'Is cinnte go gcuala, ach airím mar a bheadh Gilbert ag labhairt mar sin d'aon turas i mo láthairse, mar a ba mhian leis masla a thabhairt dom.'

'Ní dóigh liom go bhfuil an ceart agat, a Mháire, ach mar sin fein labhróidh mé leis fá dtaobh de, ach tá a fhios agat nár mhaith liom rud a rá leis a ghoillfeadh air. Sé mo mháistirse é ar dhóigh, agus aithníonn gach aoinne gur fear cliste é, agus tá a fhios agam go bhfuil cuid de na fir san obarlann ag éad liomsa de bharr go bhfuil Gilbert chomh mór sin liom.'

'Tá a fhios agam sin, a Sheoirse, ach – '

'Labhróidh mé leis mar sin féin.'

'Ach ná habair rud ar bith leis a chuirfeadh i d'éadan é. Ní bheimid inár gcónaí anseo go deo.'

'Beidh mé stuama go leor,' arsa Seoirse.

Ruth

BHÍ AN COGADH sa Fhrainc thart ach, má bhí, ní síocháin a bhí i ndán d'Éirinn dá bharr sin. Bhí Caitlicigh na hÉireann i ndiaidh dóchas a chailleadh as *Home Rule*, agus bhí an dream úr seo, lucht Sinn Féin, ag cruinniú treise. I ndeireadh thiar thoisigh treallchogadh sa deisceart, agus nuair a thoisigh chuaigh an lasóg sa bharrach sa tuaisceart chomh maith. Athnuaíodh an seanfhaltanas idir Caitlicigh agus Protastúnaigh a raibh maolú i ndiaidh teacht air le linn an Chogaidh Mhóir. Bhí an dá aicme ag sclamhógacht ar a chéile mar a bheadh dhá mhadadh drochainte ann a bheadh ag faire na faille ar a chéile.

Tráthnóna amháin tháinig Seoirse chun an bhaile, agus bhí cuma shnoite bhán scáfar air.

'A Sheoirse,' arsa Máire, 'caidé atá cearr leat? An tinn atá tú?'

'Ní hea,' ar seisean, 'ní tinn atá mé.'

'Agus caidé atá cearr?' ar sise, 'ar chaill tú do chuid oibre?'

'Níor chaill,' ar seisean, 'amharc air sin,' agus shín sé chuici páipéar an tráthnóna.

Tháinig cineál de lagar uirthi nuair a dhearc sí ar an pháipéar, agus shuigh sí síos ar chathaoir in aice an tábla.

' 'Bhfaca tú é?' arsa Máire os íseal.

'Chonaic,' ar seisean, 'bhí triúr Gael ag obair inár gcuideachta, agus tháinig siad fána gcoinne.'

'Agus an dtug sibh iarraidh iad a shábháil?'

'Ní thug,' arsa Seoirse.

'Och, a Sheoirse,' agus chuir sí a ceann ina camas agus thoisigh a chaoineadh.

'Ná bí ag caoineadh, a Mháire. Tá mé féin chomh buartha leatsa fá dtaobh de. Tá mé uilig fríd a chéile. Ach dá bhfeicfeá iad, bheadh a fhios agat nach dtiocfadh linn a dhath a dhéanamh. Mhuirfeadh siad sinn, dá dtabharfaimis iarraidh cosc a chur leo. Scanraigh siad an t-anam asam féin. Bhí Gilbert féin chomh scanraithe liomsa.'

'Och, tú féin agus Gilbert! Tá mé cinnte gurb é a theastaigh ó Ghilbert iad a shábháil!'

'Níl a fhios agat caidé atá tú a rá, a Mháire. Ní fhaca tusa iad. Bhí siad mar a bheadh scaifte de fhaolchoin mhire ann, ach go mba chontúirtí i bhfad iad ná faolchoin.'

Thóg sí a ceann.

'A Sheoirse,' ar sise, 'an bhfaca tú iad á mbualadh?'

'Och, a Mháire, b'fhearr liom gan a bheith ag caint air. B'fhearr liom gan a bheith ag smaoineamh air.'

D'éirigh sí agus thoisigh sí a dhéanamh réidh an tae, agus chuaigh Seoirse á ní féin. Bhí siad ina dtost le linn dóibh a bheith ag déanamh a gcoda. Ba bheag a d'ith ceachtar acu, ach d'ól Seoirse a lán tae. Ní raibh Máire ach ag glanadh ar shiúl na soitheach nuair a bhuail Gilbert isteach. Bhí cuma bhuartha air, ach ainneoin go raibh tháinig fíoch ar Mháire nuair a leag sí súil air.

'Is dócha go bhfuil tú sásta le hobair an lae inniu, a Ghilbert,' ar sise. Ba é sin an chéad uair riamh a thug sí Gilbert air.

Dhearc sé uirthi agus iontas air.

'Cad chuige a n-abrófá a leithéid sin?' ar seisean léi.

'Cad chuige a n-abróinn a athrach?' ar sise.

'Ná tabhair aon aird uirthi, a Ghilbert. Tá sí buartha fán rud a tharla,' arsa Seoirse.

'Ní nach ionadh, ach ba mhaith liom a rá léi, go bhfuil sí

ag déanamh éagóra orm. Níor thaitin gnaithe an lae inniu liom ar chor ar bith. Ní thugaim isteach dá leithéid. Ba dheas an fear é Séamas Ó Raghallaigh, agus oibrí maith, ach caidé a thiocfadh liomsa a dhéanamh sa chás. Stróicfeadh siad as a chéile mé dá dtabharfainn iarraidh ar bith tarrthála air.'

'Stróicfeadh,' arsa Seoirse.

'Ba mhór an ghaiscíocht a rinne an bheirt agaibh,' arsa Máire go searbh.

'Ná tabhair aon aird uirthi,' arsa Seoirse.

'Ní thabharfaidh,' arsa Gilbert, 'chuirfeadh drochobair an lae inniu duine ar bith as a chéill, ach ba chóir do Mháire a thuigbheáil nach sinne a chuir tús leis, ach na Sinn Féinithe seo atá ag marú agus ag scrios leo suas an tír.'

'Is fíor duit,' arsa Seoirse.

'Is beag an leithscéal a bíos de dhíobháil oraibh,' arsa Máire, 'caidé an bhaint atá againne le cibé atá ag titim amach suas an tír?'

'gCluineann tú í?' arsa Gilbert, 'tá, achan bhaint. Má éiríonn leis na Sinn Féinithe seo poblacht a chur ar bun, ruaigfidh siad sinne amach as an tír.'

'Ruaigfidh,' arsa Seoirse.

'Och, níl a fhios agam c'air a bhfuil sibh ag caint,' arsa Máire, 'ach b'fhéidir go dtabharfadh sibh suaimhneas dom tamall. Tá mé cráite agaibh.'

'Táimid uilig cráite inniu,' arsa Gilbert, 'agus sin an fáth go dtáinig mé thart, ba mhaith liom dul amach a spaisteoireacht tamall. 'Bhfuil tú ag teacht liom, a Sheoirse, b'fhéidir go socródh an t-aer ár n-intinn.'

'B'fhéidir go socródh,' arsa Seoirse, 'tiocfaidh mé leat cinnte. Ní miste leat má théim amach, a Mháire?'

'Dheamhan ar miste liom, sílim go luífidh mé féin síos tamall, tá mé an oiread sin fríd a chéile,' arsa Máire.

'Ní tinn atá tú?' arsa Seoirse.

'Ní tinn atá mé ar chor ar bith. Imigí libh.'

Thiontaigh sí agus chuaigh suas an staighre.

Luigh Máire síos ar an leaba gan a cuid éadaigh a bhaint di. Ní raibh fonn codlata ar bith uirthi, ach theastaigh uaithi faill a thabhairt dá hintinn suaimhniú. Bhí an lasóg sa bharrach fá dheireadh. Bhí na Fir Bhuí i ndiaidh na Caitlicigh a ionsaí an lá sin i gclós na long. Bhí siad i ndiaidh cuid acu a mharú, i ndiaidh cuid a ghreadadh gan trócaire, agus i ndiaidh an t-iomlán acu a thiomáint amach óna gcuid oibre. Ní raibh ansin ach an tús. Bhí mearbhall ina ceann. Nóiméad amháin ba ag smaoineamh ar laethe a hóige a bhí sí, ar na blianta a chaith sí ar an scoil, ar Bhríd, ar Sheoirse, ar Eoin. Arís agus arís eile tháinig Eoin isteach ina ceann. Chonaic sí go soiléir é ina hintinn, nuair a bhí sé beag, agus é ag barr an chabhsa ag fanacht léi pilleadh ón scoil le milseáin a thabhairt chuige. Agus chonaic sí é an Nollaig sin a fuair sí an chéad amharc air ag an stáisiún i ndiaidh dó 'theacht ar ais, agus é ina stócach. Ba chuimhin léi an rud a dúirt Diní Ó hAilpín léi fá dtaobh de, go raibh sé á crothnúsan go mór. Tháinig deora ina súile ag smaoineamh ar Eoin di. D'fheall sí air, d'fheall sí air, d'fheall sí ar an ghasúr bheag uaigneach a bhí chomh doirte sin di. Níor smaoinigh sí ach uirthi féin, agus ar Sheoirse. Agus bhí sí imníoch anois fá Sheoirse. Bhíthear á tharraingt ar shiúl uaithi. Caidé a dhéanfadh sí ar chor ar bith? Léigh sí an cuntas a bhí ar an pháipéar fá eachtra an lae arís agus arís eile, agus sular phill Seoirse chun tí, bhí a fhios aici caidé a déarfadh sí leis.

Chuaigh sí síos an staighre nuair a chuala sí ag teacht isteach é.

' 'Bhfuil gach rud socair taobh amuigh?' ar sise leis.

'Tá, ar ndóigh,' ar seisean, 'ní bheidh trioblóid ar bith sa cheantar seo.'

'Shíl mé go mb'fhéidir go mbeadh siad ag scaoileadh.'

'Níor mhothaigh muid a dhath,' ar seisean.

'A Sheoirse,' ar sise, 'bhí mé ag smaoineamh.'

'Sea, a Mháire, c'air a raibh tú ag smaoineamh?'

'Caithfimid imeacht as seo.'

'Caithfimid imeacht as seo? Cad chuige?'

'Tá a fhios agat go maith cad chuige. Ní thig liomsa fanacht sa tsráid seo má mhaireann an trioblóid seo. Beidh siad ag caint orm agus ag caint ortsa.'

'Amaidí,' ar seisean.

'Ní amaidí ar bith é, a Sheoirse, tá a fhios agat i do chroí istigh nach amaidí ar bith é. Níl an trioblóid seo ach ina tús. Is mó an fiamh a bheas ar an dá thaobh lena chéile achan lá atá ag teacht, agus is ag Dia amháin atá a fhios caidé an deireadh a bheas air. Caithfimid imeacht.'

'Agus cá háit a rachaimid?'

'Imeoimid chun an bhaile. Nach bhfuil dornán beag airgid i dtaisce againn? Thig linn feirm a cheannach.'

'Ní thiocfadh linn feirm a cheannach leis an airgead atá againn, tá a fhios agat sin chomh maith liomsa.'

'A Sheoirse, thiocfadh linn áit bheag a cheannach.'

'Ní thiocfadh linn áit ar bith a cheannach san am atá i láthair agus an luach atá orthu. Tá ceithre luach ar thalamh ó tháinig an cogadh.'

'Thiocfadh linn iasacht a fháil,' arsa Máire, 'agus é a dhíol ar ais de réir a chéile.'

'Bheimis ag sclábhaíocht don bhanc ar feadh ár saoil, agus dá dtiocfadh drochbhliain chaithfeadh siad amach ar fhód an bhealaigh mhóir muid.'

'Ní thiocfaidh drochbhliain ar bith, agus ba chuma liomsa fán sclábhaíocht. Och, a Sheoirse, oibreoidh mé oíche is lá duit, má thugann tú leat as an áit seo mé. An cuimhin leat an dóigh a mbímis ag caint ar an fheirm a cheannóimis? Is cuimhin liom an rud adeirteá i gcónaí, gur mhaith leat a bheith ar amharc Bheanna Boirche.'

'Is cuimhin liom sin go maith, ach shíl mé san am sin go bhfaighinn cuidiú ó m'athair, agus d'éirigh gach rud chomh daor sin go raibh sé deacair mórán a chur i dtaisce.'

'Tá a fhios agam sin, cé go bhfuil a fhios agam go dtiocfadh linn i bhfad níos mó a chur i dtaisce, ná chuir muid.'

'An ag fáil loicht orm dá bharr sin atá tú?'

'Chan ea, ar chor ar bith, ach orm féin.'

'Cad chuige ar thoisigh tú a chaint inniu ar fheirm a cheannach?' arsa Seoirse, 'shíl mé go raibh dearmad déanta agat de sin.'

'Agus b'fhéidir go raibh, sin an fáth gur 'mo lochtú féin a bhí mé.'

'Níl mé féin cinnte gur mhaith liom dul ar ais chun na tíre dá mbeadh an t-airgead féin agam le feirm a cheannach, rud nach bhfuil. Tá mé clóite leis an chathair anois.'

'Agus tá mé féin leat amhlaidh.'

'Agus cad chuige a bhfuil tú ag iarraidh orm imeacht as an chathair ansin?'

'Inseoidh mé duit, a Sheoirse. Tá eagla ag teacht orm.'

'Níl feidhm duit eagla a bheith ort. Beidh deireadh leis an trioblóid seo gan mhoill.'

'Tá a fhios agat go maith nach mbíonn, ach ní eagla roimhe sin a bhí mé a mhaíomh.'

'Agus caidé a bhí tú a mhaíomh?'

'A Sheoirse, amharc orm, a Sheoirse, 'sé an eagla atá orm, eagla go gcaillfidh mé tusa.'

'Och, ná bí amaideach, cé atá ag dul tú a bhaint díomsa?'

'A Sheoirse, tá a fhios agat go maith go bhfuil a fhios agam nach bhfuil tusa i gcontúirt ar bith ach, a Sheoirse, má fhanaimid anseo, agus an t-uafás seo ag éirí aníos thart orainn, fuath agus faltanas ag brú isteach orainn, agus daoine ár dtarraingt óna chéile nó ag iarraidh a bheith ár dtarraingt óna chéile, an dóigh leat go n-éireoidh linn fanacht ag a chéile?'

'Níl a fhios agam caidé atá tú a rá. Ní fheicim duine ar bith ag iarraidh sinn a tharraingt óna chéile.'

'A Sheoirse, tá achan rud anseo ár dtarraingt óna chéile, agus is fearr dúinn imeacht in am.'

'Sílim go bhfuil tú fríd a chéile de bharr an rud a tharla inniu.'

'Tá mé fríd a chéile cinnte, a Sheoirse, ach tá a fhios agam caidé atá mé a rá, agus sílim go bhfuil a fhios agatsa fosta. A Sheoirse, an gceannóidh tú an fheirm? An gceannóidh tú áit bheag?'

'Bhal, má tá tú dáiríre fán rud atá tú a rá, smaoineoidh mé air. Ach ní dhéanfaidh mé rud ar bith fá dheifir. Dá gcaithfinn suas an obair atá agam i láthair na huaire, b'fhéidir gur gairid go mbeadh aithreachas orainn, mar deir siad gur gairid go raibh an obair ag éirí gann ó tharla go bhfuil an cogadh thart, agus ní bheadh sé chomh furasta post eile a fháil, agus táimid iontach compordach anseo. Bhí an t-ádh orainn an teach seo a fháil.'

'Tá a fhios agam sin uilig, ach mairfimid ar dhóigh inteacht, an imeoidh tú?'

'Caithfimid machnamh a dhéanamh air. B'fhéidir nach mbeadh fonn ar bith imeachta ort amárach, nó an tseachtain seo chugainn, má shíothlaíonn an trioblóid seo.'

'B'fhéidir nach mbeadh, ach ní dóigh liom go mbeidh deireadh leis an trioblóid seo an tseachtain seo chugainn, nó an tseachtain ina dhiaidh sin ach oiread.'

'B'fhéidir gur agatsa atá an ceart, cuirfidh mé ceist ar Ghilbert go bhfeicimid caidé a déarfas seisean. Léann seisean na páipéir uilig.'

'A Sheoirse, b'fhearr liom tú gan a lua le Gilbert, mar tá a fhios agam go maith go gcomhairleoidh sé duit fanacht san áit a bhfuil tú.'

'Bhal, fan go bhfeicimid caidé mar a bheas rudaí amárach.'

Ní maolú ach méadú a tháinig ar an achrann an samhradh sin, go dtí go raibh scéal uafáis le hinse i ndeireadh gach lae, agus gurbh eaglach a théadh cách fá chónaí. Bhí daoine á marú, daoine á lot, tithe á ndó, go dtí sa deireadh go raibh gach intinn dallta ag an fhuath, agus gach croí ag cur thar maoil le fíoch. Samhradh te tirim a bhí ann, agus mhair an triomach go dtí go raibh gach deoir taisligh súite as an talamh agus as ballaí na cathrach, go dtí go raibh gach aoinne á phlúchadh le deannach an bhóthair nó á mhúchadh leis an teas a bhí ag cruinniú ina dhlúimh íotachta sna sráideanna cúnga. Agus i rith gach lae bhíodh an ghrian crochta sa spéir mar a bheadh caor bhuí thine ann a raibh dreach cuileata uirthi de bharr an smúr as na muilte a bheith ag smoladh ghileacht a solais. Shílfeá go raibh an mhioscais a bhí ag coipeadh abhus ag crá na ndúl féin. Nuair a tháinig mí Iúil toisíodh ar na drumaí móra a ghreadadh, agus gach tráthnóna bhíodh na fuinneoga ar crith agus an t-aer á scoilteadh leis an torann, agus san oíche ba mhinic a múscailtí daoine as a gcodladh corrach le géarphléascadh gunnaí. Agus le linn an ama seo uilig bhí croí Mháire á chéasadh ina cliabh, le buaireamh, le himní agus le huaigneas. Ar dhóigh inteacht ba bheag a bhíodh le rá ag Seoirse nuair a thigeadh sé chun an bhaile, agus leis an fhírinne a dhéanamh ba bheag a bhíodh le rá ag Máire leis, mar thuig an bheirt acu gur chuma caidé an t-ábhar comhrá a tharraingeodh siad orthu féin, gur ag caint fán trioblóid a bheadh siad sa deireadh. D'fhiafraigh

Máire de Sheoirse fá dhó an raibh sé ag dul a cheannach na feirme, agus ní bhfuair sí mar fhreagra uaidh ach, 'deir Gilbert nach maireann an trioblóid seo mórán níos faide, agus níl go leor airgid againn go fóill le feirm a cheannach,' agus ina dhiaidh sin níor chuir sí an cheist sin air ní ba mhó. Lá amháin a bhí sí ag glanadh an tseomra leapa, tharraing sí amach an tarraiceán ina gcoinníodh Seoirse an bosca dubh stáin a bhí aige. Bhí beartán ina luí ar bharr an bhosca, agus ní raibh sé ceangailte. Fosclaíodh amach an páipéar nuair a bhain sí tarraingt as an tarraiceán, is chonaic sí an rud a bhí ann, ribín oráisteach. Thóg sí ina láimh é, agus bhreathnaigh sí é fada buan. Ansin d'fhág sí uaithi é agus dhruid an tarraiceán arís. Ansin shuigh sí síos ar an leaba, agus d'fhan sí ansin tamall fada ag machnamh go cráite.

Chaith siad a dtráth bia go tostach an tráthnóna sin mar ba bhéas dóibh ó thoisigh an chaismirt. Ach sular éirigh siad ón tábla labhair Máire. Ba os íseal a labhair sí.

'A Sheoirse,' ar sise.

'Caidé?'

'Ní raibh a fhios agam go raibh tú san Ord Oráisteach.'

'Och, chonaic tú an rud sin.'

'Chonaic, ní thiocfadh liom gan a fheiceáil. Bhí mé ag glanadh thuas an staighre inniu, agus tharraing mé amach an tarraiceán.'

'Níor theastaigh uaim aon bhaint a bheith agam leo, ach dúirt Gilbert go mbeifí ag caint orm, go mbeadh na fir go holc dom, mura rachainn isteach san ord.'

'Bhí a fhios agam gurbh é Gilbert a thug ort dul isteach iontu.'

'Ba é, ach cad chuige a mbíonn tú i gcónaí anuas ar Ghilbert? Bhí an ceart ar fad aige nuair a dúirt sé go mbeadh siad míshásta liom mura rachainn isteach. Níor dhúirt mé leat é, ach cuireadh ceist orm níos mó ná uair amháin ar an

Oileán cad chuige nach raibh mé i mo bhall.'

'Tá a fhios agam go raibh an ceart ag Gilbert sa mhéid a dúirt sé, nár dhúirt mé féin an rud céanna, go mbeadh siad ag caint orainn anseo, nach sin an fáth gur impigh mé ort imeacht?'

'Tá a fhios agam, ach ní thig linn imeacht anois.'

'Cad chuige nach dtig?'

'Déarfadh siad gur cladhaire a bhí ionam, agus níl an t-airgead againn, cib' ar bith.'

D'éirigh sí amach ón tábla agus thoisigh a thógáil na soitheach gan focal eile a rá.

An Satharn sin a bhí chugainn, bhí beart chun an bhaile le Seoirse nuair a tháinig sé isteach óna chuid oibre. D'fhág sé in airde sa seomra leapa é gan focal a rá fá dtaobh de, agus níor fhiafraigh Máire de caidé a bhí ann. Ach nuair a bhí a ndinnéar caite acu, suas an staighre leis arís, agus tháinig anuas agus hata crua ina láimh leis.

'Ba mhaith liom tú a inse dom má shíleann tú go bhfuil an *size* ceart agam sa hata seo,' ar seisean, agus chuir sé air é, agus thoisigh ag amharc air féin sa scáthán.

Rinne Máire gáire beag éadrom ar dtús.

'Níl a fhios agam,' ar sise, 'cé acu gurb é atá an hata róbheag nó do chloigeann rómhór.'

Rinne Seoirse féin cineál de leafa gáire, agus ar seisean,

'Síleann tú go bhfuil sé rómhór mar sin?'

'Níl mé cinnte, leis an fhírinne a rá,' ar sise, 'ach tá a fhios agam seo, nach bhfóireann sé duit.'

Thiontaigh Seoirse thart.

'Cad chuige nach bhfóireann sé dom?' ar seisean.

'Och! ní thig liom sin a inse duit,' ar sise, 'ach tchíthear dom go bhfuil cuma ghreannmhar ort fán hata sin.'

'Cuma ghreannmhar?' arsa Seoirse agus gan é leathshásta, 'caidé atá greannmhar fá dtaobh díom?'

'Och, ná bí ag glacadh feirge liom, a Sheoirse,' ar sise, 'b'fhéidir nach bhfuil ann ach nach bhfuil mé cleachta leat agus hata den chineál sin ort. Níor thaitin siad liom riamh ar aon duine.'

'Caithfidh tú éirí cleachta leis,' ar seisean.

'Och, a Sheoirse, níl tú ag dul á chaitheamh?' ar sise, agus tháinig fonn gáire uirthi arís.

'Tá,' ar seisean go tur.

' Arbh é Gilbert a dúirt leat é a fháil?'

'Níorbh é anois. Ní raibh baint ar bith aige leis. Cad chuige a mbíonn tú ag cur achan rud síos do Ghilbert?'

'Bhal, b'fhéidir gur mhaith leat a bheith chomh cóirithe leis?'

'Ná bí amaideach, caithfidh hata mar seo a bheith agam.'

'Cad chuige?'

'Nach bhfuil a fhios agat go maith cad chuige? Beidh mé ag siúl.'

'Och, caithfidh, ar ndóigh,' ar sise, 'níor smaoinigh mé air sin – níor smaoinigh mé go mbeifeá ag siúl.'

'Níl dúil ar bith agam féin ann,' ar seisean, 'ach caithfidh mé a bheith sa siúl chomh maith le duine.'

'Caithfidh, ar ndóigh,' ar sise, agus thoisigh sí a thógáil na soitheach ón tábla mar nach mbeadh spéis ar bith aici sa chomhrá níos mó. D'fhan Seoirse á bhreathnú féin sa scáthán.

'An síleann tú go ndéanfaidh sé gnaithe?' ar seisean.

'Och, déanfaidh sé scoth gnaithe,' ar sise.

'Níor mhaith liom a bheith i m'eala mhagaidh,' ar seisean.

'Och, cé a bheas ag breathnú ort?' ar sise.

Bhain Seoirse an hata de, agus d'imigh suas an staighre leis arís.

Bhí an dóú lá déag mar an tsaoire ag Seoirse agus ag muintir na cathrach uilig. D'éirigh sé go luath gan Máire a mhúscailt, nó thug sé iarraidh gan a múscailt. Ach b'fhada ina dúiseacht í, agus tháinig sí anuas an staighre ina dhiaidh.

'Cad chuige ar éirigh tú?' ar seisean.

'Ní thiocfadh liom tú a ligean ar shiúl gan bhricfeasta,' ar sise.

'Mura dtiocfadh liom féin greim bricfeasta a dhéanamh réidh?' ar seisean.

'Och, ní thiocfadh leat é a dhéanamh mar is ceart,' ar sise, 'agus caithfidh mé cúpla ceapaire a dhéanamh réidh duit. Níor ghearr mé an t-arán aréir, ar eagla go mbeadh sé cineál crua inniu. Tá giota d'fheoil bosca agam fána gcoinne.'

'Is deas sin,' ar seisean, 'ach ní raibh feidhm duit éirí ar chor ar bith. Féadann tú dul a luí arís nuair a bheas an bricfeasta réidh agat.'

'Nach mór d'imní fá dtaobh díom inniu?' ar sise.

'Ní mór' ar seisean, 'ach mar a dúirt mé ní raibh feidhm ar bith duitse éirí chomh luath seo. Murab é go gcaithfidh mise dul chun na páirce, is sa leaba a bheinn.'

Bhí sí ag briseadh uibhe ar an phan, ach d'amharc sí thart, agus ar sise – ,

'A Sheoirse, tá a fhios agam cad chuige ar mhaith leat mé dhul a luí arís.'

'Cad chuige?'

'B'fhearr leat gan mé tú a fheiceáil fán hata chrua.'

Rinne sé gáire.

'B'fhéidir,' ar seisean, 'b'fhéidir gurb é sin an fáth.'

'Sin an fáth,' ar sise, 'nach bhfuil mé eolach ort?'

'Bhal, cuirfidh mé orm anois é,' ar seisean, 'sa dóigh is go n-éireoidh tú cleachta leis,' agus thóg sé an hata agus tharraing anuas ar a chloigeann go teann é.

'Och, ní thig leat a chaitheamh mar sin,' ar sise, 'shílfeá

gur leipreachán a bhí ionat a bhí ag iarraidh dul i bhfolach fá bhacán bearaigh. Fan bomaite go gcuire mise ort mar is ceart é.'

Chuaigh sí anonn chuige, bhain de an hata, agus leag anuas go héadrom ar thoiseach a chloiginn é, sa dóigh is gur shleamhnaigh sé siar ar chúl a chinn go héasca.

'Sin an dóigh cheart le hata a chur ort,' ar sise, 'sin an dóigh a gcuireann fear uasal a hata ar a cheann. Ní bhrúnn sé ar chúl a chloiginn é.'

Thóg sé an hata dá cheann arís, agus chuir air arís é sa dóigh ar thaispeáin sí dó.

'Tá an ceart agat,' ar seisean, 'suíonn sé orm go deas nuair a ligim anuas mar sin é, ach cé a bhí ag foghlaim béasa na n-uasal duitse?'

'Is cuma duit sin,' ar sise, 'd'fhoghlaim mé corr-rud ó tháinig mé chun na cathrach. Nach mbím ag léamh páipéar na mban?'

'Shílfeá gur páipéir na bhfear a bíos tú a léamh,' ar seisean.

'Bíonn go leor iontu fá na fir,' ar sise, 'agus anois nach maith an rud nach mbeidh fiacha ar bith ar Ghilbert an méid sin a fhoghlaim duit ar scor ar bith.'

'Ní bheidh,' arsa Seoirse, 'agus beidh sé ag amharc orm, mar tá sé le theacht anseo fá mo choinne ar a hocht.'

'Och, an bhfuil?' ar sise, 'cad chuige nár inis tú sin dom roimhe seo, caithfidh mé mo ghlanadh féin sula dtig sé.'

'D'fhéadfá dul a luí arís.'

'Och, sin an fáth nár theastaigh uait go n-éireoinnse, níor mhaith leat fios a bheith agam go raibh Gilbert ag teacht fá do choinne.'

'B'fhéidir nár mhaith.'

'Bhal, níor mhaith liomsa é a bheith le rá aige nó ag duine ar bith eile nach n-éireoinn le braon tae a dhéanamh réidh duit inniu. Seo, suigh isteach, tá sé réidh.'

Thoisigh Seoirse ar a chuid, rinne Máire réidh na ceapairí, ansin d'ól sí cupán tae, agus chuaigh suas an staighre lena cóiriú féin.

Ar bhuille an hocht den chlog tháinig Gilbert chuig an doras. Baineadh stangadh as an bheirt acu nuair a leag siad súil air. Bhí oiread scafógaí agus órshnáithe air is a bheadh ar impire an Domhain Thoir san am fadó. Ar ndóigh, bhí céimíocht aige sa bhráithreachas.

'Maise, nach tú atá ag amharc go galánta ar maidin?' arsa Seoirse.

' 'Bhfuil mé ag amharc ceart go leor?' arsa Gilbert leis.

'Caidé atá mé i ndiaidh a rá?' arsa Seoirse.

'An dtaitníonn sé leat?' arsa Gilbert le Máire.

'Níl a fhios agam,' ar sise, 'mar bhain tú an t-amharc as an tsúil agam. Róghalánta atá tú ag amharc.'

'Ara, déanfaidh sé gnaithe,' arsa Gilbert, ag amharc air féin sa scáthán, 'ach níl tusa réidh go fóill, a Sheoirse. Déan deifir.'

'Cha raibh a fhios agam gur cheart dom an ribín a chur orm sula bhfágfainn an teach.'

'Is ceart,' arsa Gilbert, 'ní bheidh faill agat a bheith ag útamáil leis thuas ag an halla. Caithfidh muid na rancannaí a shocrú ansin.'

'Is fearr dom é a chur orm anois,' arsa Seoirse.

'Seo, tabhair domsa é,' arsa Gilbert, 'agus cuirfidh mise ort mar is ceart é.'

Sheasaigh Seoirse i lár na cistine agus chuir Gilbert an ribín thart ar a mhuinéal, agus shocair go cothrom ar a ghuaillí é.

'Déanfaidh sin gnaithe,' ar seisean, 'sin mar is ceart é a chaitheamh. Tá sé in am dúinn bheith ag bogadh linn anois.'

'Tá, is dócha,' arsa Seoirse, agus d'amharc sé ar Mháire. I

dtobainne tháinig dreach imníoch uirthi.

'Ní mheasann tú go mbeidh trioblóid ar bith ann inniu, a Mhic Uí Leaslaoi,' arsa sise.

Rinne Gilbert gáire drochmheasúil.

'Trioblóid!' ar seisean, 'cén dóigh a mbeadh trioblóid inniu ann? An síleann tú go bhfuil na pápairí ag dul ag ionsaí leathchéad míle againn? Bíodh splaideog chéille agat, a bhean.'

'Tá dúil agam go bhfuil an ceart agat, ach b'fhéidir go mbeifí ag scaoileadh urchar,' ar sise.

'Dheamhan urchar a scaoilfear inniu,' ar seisean, 'ní as a gcéill ar fad atá na pápairí, agus is maith atá a fhios acu gur daor a dhíolfadh siad as urchar ar bith a scaoilfeadh siad inniu. Níl contúirt ar bith ann.'

'Contúirt ar bith!' arsa Seoirse.

'Tá dúil agam go bhfuil an ceart agaibh,' arsa Máire.

'Ná bíodh imní ar bith ort,' arsa Gilbert, 'beidh sé ar ais agat anocht chomh breabhsánta is bhí sé riamh, glac m'fhocalsa air, agus anois tá sé chomh maith agat póg a thabhairt dó. Ní bheidh mise ag amharc ar chor ar bith.'

D'imigh sé amach go dtí an doras. Dhearc Seoirse ar Mháire mar a bheadh sé fríd a chéile, agus ansin ar seisean.

'Tá mé ag imeacht anois, slán agat, a Mháire,' ach níor bhog sé go fóill. Dhruid sí in aice leis, agus stán sí idir an dá shúil air go tostach ar feadh nóiméid. Ansin leag sí a méar tosaigh ar an ribín a bhí fána mhuinéal aige, agus ar sise.

'Tóg sin díot bomaite.'

Rinne sé amhlaidh gan a fhiafraí di cad chuige ar iarr sí air sin a dhéanamh. Ansin chuir sí a dhá láimh thart timpeall air, agus shílfeá nár phógadar a chéile riamh roimhe.

Ansin d'imigh sé.

Ní dheachaigh sí a luí arís. Ní raibh fonn codlata uirthi. Dhoirt sí amach cupa eile tae di féin, agus thoisigh a bhaint súimíní as go fadálach. Níor ith sí arán ar bith. Ní raibh ocras ar bith uirthi. Bhí an teach i ndiaidh éirí uaigneach. Ní raibh fuaim ar bith le cluinstin ann ach gliogar beag an chloig ar an mhatal. Dhearc sí ar an chlog. Ní raibh sé ach fiche i ndiaidh a hocht. Bheadh an lá fada go raibh Seoirse sa bhaile arís. Tháinig cumha uirthi, ina suí ansin léi féin, agus thoisigh sí a smaoineamh go raibh cuid mhór den am caite aici ina haonar ó phós sí Seoirse. Ní ar Sheoirse a bhí an locht, ar ndóigh, ach uirthi féin, mar nach dtiocfadh léi cairde a dhéanamh sa chomharsanacht seo. Dá mairfeadh an leanbh, ní mar seo a bheadh sé, ach níor mhair. Agus go tobann bhuail imní, agus gruaim mhillteanach í. D'aithin sí gur ag cur i gcéill a bhí sí níba luaithe an mhaidin sin nuair a bhí sí ag magadh fá Sheoirse agus a ḥata crua. D'aithin sí nach fonn ar bith gáire a bhí uirthi, nach éadrom a bhí a croí go fíor, agus gur ag iarraidh dallamullóg a chur uirthi féin a bhí sí. Ní mar seo a shamhail sí a bheadh sé sular phós sí Seoirse, ach ní thiocfadh léi cuimhne ar an rud a shamhail sí. Ag machnamh go duairc mar sin a bhí sí nuair a mhothaigh sí an buille ar an doras. Chuaigh sí amach agus d'fhoscail é. Bean Mhic Róibín a bhí ann.

'Ná síl gur ag déanamh dánachta ort atá mé, a bhean Mhic Giolla Rua,' ar sise, 'ach shíl mé gur chóir dom seo a thabhairt isteach chugat. Ba cheart duit é a chrochadh amach ar an fhuinneog, nó beidh siad ag caint. Nuair a d'amharc mé amach ar maidin, thug mé faoi deara nach raibh brat ar bith thuas agaibh. Níor mhaith liom leithscéal ar bith a thabhairt dóibh toiseacht a chaint ort, nó ar d'fhear céile, a bhean Mhic Giolla Rua, mar is deas na comharsain sibh,' agus shín sí brat beag fillte chuig Máire.

'Och, go raibh maith agat, a bhean Mhic Róibín,' arsa Máire, 'caithfidh sé go ndearna Seoirse dearmad glan de sin, agus ar ndóigh níor smaoinigh mise air ar chor ar bith. Cén dóigh a smaoineoinn?'

Thug sí coiscéim amach ar an tsráid, agus d'amharc suas agus anuas. Bhí an tsráid uilig ina laom dathanna. Bhí brait crochta as gach teach ach amháin as teach s'aicise, agus bhí a trí nó a ceathair d'áirsí ag síneadh ó thaobh go taobh. D'amharc sí suas ar fhuinneoga loma a tí féin arís, agus mhothaigh sí eagla ag teacht uirthi. Thiontaigh sí go gasta chuig an bhean a bhí ina seasamh in aice léi, agus ar sise.

'Tá mé thar a bheith buíoch díot, a bhean Mhic Róibín, níl a fhios agam caidé mar a bhí Seoirse chomh dearmadach sin.'

'Ná habair é,' arsa bean Mhic Róibín, 'bhí an ceann sin le spáráil, agus dar liom gur chóir dom é a thairiscint duit 'dtuigeann tú, thiocfadh le cuid acu a bheith naimhdeach go leor mura bhfeicfeadh siad brat thuas agaibh, go háirithe san am atá i láthair.'

'Cuirfidh mé in airde anois é,' arsa Máire, 'agus tá mé iontach buíoch díot.'

' 'Bhfuil tú ag dul suas ag amharc ar an mhórshiúl?' arsa bean Mhic Róibín agus í ar tí imeacht.

'Níor smaoinigh mé air,' arsa Máire.

'Sílim gur fearr duit dul suas ag amharc orthu. Beidh na mná uilig anseo ag dul suas. Ní rachaidh mé féin ag amharc orthu ar chor ar bith, dheamhan mo chos, ach sílim gur fearr duitse dul ann ó tharla nach bhfuil cúram ar bith ort. Tá a fhios acu go bhfuil go leor le déanamh agamsa fán teach.'

'Tchím,' arsa Máire, 'níor dhúirt Seoirse liom dul suas.'

'Bhal,' ar sise, 'beidh siad ag teacht anuas fríd Chearnóg Carlysle i dtrátha a haon déag, agus sin an áit a mbeidh siad uilig á mbreathnú.'

'Go raibh maith agat, a bhean Mhic Róibín, sílim go rachaidh mé suas. Ach caithfidh mé seo a chrochadh anois.'

'Caithfidh tú,' arsa bean Mhic Róibín, agus d'imigh sí

isteach chun a tí féin.

Ag dul suas an staighre do Mháire d'fhoscail sí amach an brat, agus nuair a d'fhoscail, tháinig samhnas uirthi. Níorbh é go raibh dearcadh láidir náisiúnta aici ariamh, ní raibh an spiorad náisiúnta iontach láidir nuair a bhí sí ag éirí aníos, ach ar dhóigh inteacht ghoill an brat seo uirthi. Ba rud coimhthíoch aici i gcónaí é. Ba é seo an chéad uair riamh a raibh a leithéid ina láimh aici, agus ghoill sé uirthi é a chrochadh. Ach bhí a fhios aici nach raibh dul as aici. Ar aghaidh léi isteach sa seomra, d'ardaigh an fhuinneog beagán, sháigh amach an brat, agus d'ísligh an fhuinneog arís gur coinníodh an brat go teann. Ansin chuir sí uirthi a culaith mhaith agus a hata, agus d'fhág an teach. Shiúil sí suas an tsráid mar a bheadh deifir uirthi, ach eagla a bhí uirthi, go n-abródh bean ar bith as an tsráid go mbeadh sí léi chuig an mhórshiúl. Níor theastaigh sin uaithi. Níor theastaigh cuideachta ar bith uaithi an lá seo, agus go háirithe níor theastaigh cuideachta mná ar bith acusan uaithi. Ní thiocfadh léi comhrá a choinneáil le bean ar bith acu an lá seo. Ní thiocfadh léi níos mó a sheasamh. Rachadh sí glan amach as a crann cumhachta, dá gcuirfeadh bean ar bith acu forrán uirthi. Níor ní léi iad. Níor ní léi aon duine.

Mhoilligh sí a siúl nuair a bhain sí an bealach mór amach. Bhí neart ama le spáráil aici, agus ar an ábhar sin ní dheachaigh sí ar an tram, ach shiúil léi síos an bealach mór chomh fada le Cnoc Pheadair, agus ansin chas sí ar chlé, agus ar aghaidh léi gur shroich sí barr Shráid Dhún na nGall, agus suas léi ansin go dtí an Chearnóg. Bhí na sluaite daoine cruinn ansin cheana féin ag fuireach leis an mhórshiúl. Mná agus cailíní óga, agus páistí is mó a bhí ann, ach bhí cuid mhaith seandaoine ina measc, agus ar ndóigh péas ag coinneáil eagair orthu. Fuair Máire áit a chois an chosáin gan mórán trioblóide, agus sheas sí ansin agus dhearc thart uirthi.

Bhí maidin dheas ghrianmhar ann, agus ba chuimhin léi go n-abradh a hathair go mbíodh an dóú lá déag i gcónaí go maith. Ba dheas léi an Chearnóg fosta. Bhí foirgnimh mhóra bhreátha ina timpeall. Os a coinne bhí eaglais Phrotastúnach, agus ó tharla go raibh léana glas taobh léi chuir sé sin éagsúlacht agus fairsingeacht sa radharc a bhí annamh sa chathair. Bhí gaethe gréine ag spréacharnaigh ar ráillí na dtramanna, agus bhí cuma leathan ar an tsráid síos uaithi mar ní raibh na tramanna nó carranna ar bith eile ina rith uirthi an mhaidin seo. Bhí gasúr i ndiaidh dreapadh suas ar cheann de na crainn a bhí ag fás ar thaobhanna an bhóthair, ach tháinig fear de na péas anall chuige, agus b'éigean dó teacht anuas. Thoisigh scaifte de na gasúir ag osnaíl, ag magadh fá na péas, agus thoisigh na péas a gháire, ach mar sin féin ní thiocfadh leo cead a thabhairt do na gasúir na crainn a mhilleadh.

'Tá siad ag teacht, tá siad ag teacht,' arsa gasúr amháin i sean-ard a chinn, agus d'amharc gach duine suas an bóthar. Gan fiú na péas féin nár dhearc thart.

'Tá siad ag teacht – an tseachtain seo chugainn,' arsa an gasúr, agus rinne gach duine gáire.

Rinne Máire gáire ina hainneoin féin. Bhí an ghruaim ag toiseacht ag imeacht di. Ach ansin bhuail tost an slua, mar ghluais carr anuas lár an bhealaigh mhóir go fadálach. Carr armúrtha a bhí ann, agus meaisínghunna ag gobadh amach as a thoiseach mar a bheadh cloigeann agus muinéal nathair nimhe ann. Chuaigh sitheadh eagla fríd chorp Mháire nuair a bhí sé ag dul thairsti. Cuireadh i gcuimhne di go raibh cealg san aer, ainneoin an ghrian a bheith ag taitneamh, agus ainneoin go raibh an chuma ar na daoine a bhí ina timpeall nach raibh a dhath ar an saol a chuirfeadh buaireamh orthu an lá seo. Fá dheireadh chualathas scréachaíl na bhfeadóg agus géarleadradh na ndrumaí, agus chonacthas na meirgí sróil ar foluain ag barr na malach, agus an carráiste foscailte a thigeadh i gcónaí ar dtús. Ba ghairid go dtáinig an carráiste 'fhad le Máire. Is ann a bhí Mór-Mháistir an Oird agus fir mhórluachacha eile. Ina dhiaidh sin tháinig meirge mór, ceann galánta. Bhí sé chomh mór le seol loinge, agus dá bharr sin ainneoin gur ar éigean a bhí aithleá ar bith gaoithe ann, bhí sé ag lúbarnaigh sa dóigh is go raibh sé ag tabhairt obair mhór don bheirt fhear a bhí á iompar greim a choinneáil air. Bhí beirt ghasúr ag siúl ar gach taobh, agus greim acu ar ribíní a bhí ceangailte don bhrat, ach ba bheag ab fhiú a gcuidiú sin do na fir. Pictiúr de Liam Oráiste ag trasnú na Bóinne ar each bhán a bhí ar an mheirge, agus ag an bharr bhí na focla 'Doire, Inis Cheithleann, an Bhóinn, Eachroim,' scríofa i litreacha órga, agus thíos ag an bhun bhí ainm an lóiste scríofa, 'Lóiste T, Bóthar Aontroma,' agus manadh an lóiste, 'Ar son an chirt.'

Bhí fear amháin ag siúl amach ar thoiseach, miotóga bána go dtí na huillinneacha air, slat bhán ina láimh leis, agus uachtar a choirp fá bharr amháin órshnáithe. Chuir sé Gilbert i gcuimhne do Mháire. Lean fir an lóiste an meirge. Iad ag máirseáil i gceithre rancanna, gan iad ag máirseáil chomh tomhaiste le saighdiúirí, ach gach fear acu ar a dhícheall mar sin féin, ag siúl go sciobtha líofa le coiscéimeanna beag gearra bhunadh na cathrach. Gach fear acu gléasta go deismear ina chulaith ghorm, gach fear acu fána hata chrua, bróga gach fir acu ag lonradh, gan iad ag caint ná ag gáire, ach gach fear acu ag dearcadh roimhe, agus a smigead tógtha claon beag, gach fear acu dáiríre, dúthrachtach, díbhirceach, dílis, bródúil, fios ag gach fear acu gurb é seo a lá. Ar a gcúl sin tháinig buíon ceoil feadóg agus drumaí, agus iad ag seinm go dícheallach. Níor aithin Máire an fonn a bhí acu, ach shíl sí go raibh sé iontach cosúil le port Gaelach. Sna sála acu seo tháinig beirt fhear agus druma mór ar iompar leo. Ní raibh siad á bhualadh, mar níorbh fhéidir don té a bheadh ag greadadh a leithéid de dhruma coiscéim a choinneáil leis na fir eile, agus chuirfeadh sé moill orthu. Is nuair a bheadh an slua cruinn sa pháirc a thoiseofaí ar na drumaí seo. Ansin tháinig meirge an dara lóiste, pictiúr galánta den Bhanríon Victoria, agus í ag bronnadh an Bhíobla ar scaifte de dhaoine gorma. Agus ansin na scuainí fear dúthrachtach agus iad uilig gléasta mar a bhí an chéad dream, agus ansin a mbuíon cheoil. Ach bhí difear amháin eatarthu. Bhí fear ag siúl amach roimh an bhuíon cheoil seo agus brat ar iompar leis. Bhí maide an bhrait sáite i gcineál de chupán leathair a bhí feistithe ar chrios fána choim, agus bhí greim docht dhá láimh aige ar an mhaide, agus i rith an ama bhí sé ag ligean don bhrat longadán anonn is anall ó thaobh go taobh. Brat mór a bhí ann agus é trom, ach ligeadh sé anuas é chóir a bheith ar chloigne an lucht feiceála a bhí ar dhá thaobh an bhóthair. Shílfeá gur rince a bhí ar siúl aige, mar tharraingeadh meáchan an bhrait anonn agus is anall é sa dóigh is gur doiligh dó na cosa a choinneáil. Níos mó ná uair amháin lig mná a bhí ina seasamh ar imeall an chosáin scread astu nuair a shíl siad go gcaithfeadh sé titim, ach níor thit sé ariamh. Bhí an fear bocht ag barcadh allais cheana féin, agus bhí trua ag Máire dó. Ba dhoiligh di a chreidbheáil go dtiocfadh leis an masla a bhí sé a fháil ó chroitheadh an bhrait a sheasamh go sroichfeadh sé an stáisiún. Ach d'imigh sé leis go cróga, agus tháinig buíonta eile agus buíonta eile go dtí go raibh súile Mháire fiaraithe nach mór ina ceann ag coimhéad orthu, ach níor bhog sí ón áit a raibh sí ina seasamh mar bhí sí ag fanacht go dtiocfadh lóiste Sheoirse thart. Fá dheireadh tháinig an chéad lóiste d'fhir Bhóthar na Seanchille anuas. Bhí siad i ndiaidh teacht anall óna n-ionad sluaite féin go Bóthar Chromghlinne agus anuas an bóthar sin gur theagmhaigh siad leis an mhuintir eile ag an Chearnóg. Ní aithneodh Máire iad ar ndóigh ach amháin go raibh ainm an lóiste scríofa ar an mheirge. Pictiúr fir inteacht nár aithin Máire ar an mheirge, ach ba ar éigean a dhearc sí air, mar nuair a léigh sí ainm an lóiste thoisigh sí a bhreathnú na bhfear go géar. Ach ní fhaca sí Seoirse ina measc. Ní raibh a fhios aici cén lóiste ina raibh sé. Ní raibh sé leis an dara ceann ach oiread. Ach chomh luath is a tháinig an tríú ceann ar a hamharc, bhí a fhios aici gur sa cheann sin a bheadh sé, mar cé tchífeadh sí ar thús cadhnaíochta ach Gilbert, é ag siúl go státúil amach roimh an bhrat, agus é ag amharc go galánta fána chuid órshnáithe agus scafógaí, agus miotógaí bána air go dtí na huillinneacha. Shiúil sé thar an áit a raibh Máire ina seasamh, agus má thug sé faoi deara í níor lig sé a dhath air, ach ní dócha gur thug mar dalta na bhfear uilig bhí sé ag stánadh roimhe go dian. Ach ar dhóigh inteacht mhothaigh Máire a croí ag téamh leis den chéad uair ariamh. Chonacthas di anois nach raibh an ceart aici a bheith claonta ina éadan de bharr chomh deismear agus bhíodh sé cóirithe. Chonacthas di gur dó a bhí an t-órshnáithe ag teacht, agus go raibh sé á iompar féin go fearúil agus go scafánta, mar a dhéanfadh duine a bheadh cleachta le dea-chóiriú. Ach bhí sé ar shiúl thart, agus ansin tháinig na fir. Ní fhaca sí Seoirse ar dtús, agus bhuail imní í ar eagla nach bhfeicfeadh sí é ainneoin go raibh a fhios aici gur ina measc seo a chaithfeadh sé a bheith, ach ansin fuair sí amharc air. Bhí sé sa ranc ab fhaide amach uaithi, agus é ag siúl leis go tostach, agus é ag dearcadh roimhe ar nós na bhfear uilig. Níor thóg Máire a súile de an 'fhad is bhí sé ar a hamharc, ach ní fhaca seisean ise. Ní thiocfadh leis san áit ina raibh sé. Agus de réir mar a bhí sé ag imeacht leis síos an tsráid, d'airigh Máire mar a bheadh sé ag imeacht uaithi go deo. Bhí sé mar a bheadh sé caillte i measc na sluaite fear sin, na sluaite síoraí sin a bhí ag triall leo thairsti, mar chonacthas di anois nach raibh tús nó deireadh leo. Agus bhuail uaigneas í féin i measc na sluaite daoine a bhí ag brú thart uirthi. Bhí sí léi féin ina measc. Ní raibh aon duine ansin a raibh aithne aici air, ní raibh aon duine ansin a dtiocfadh léi labhairt leis, ní raibh aon duine ansin ar mhaith léi labhairt leis. Go tobann d'aithin sí nár theastaigh comhluadar na ndaoine seo uaithi. Agus d'éirigh sí neamhshuimiúil sa mhórshiúl a bhí ag gluaiseacht roimpi. Ní raibh spéis níos mó aici sna meirgí, ná sna rancanna de hataí crua, ná dúil aici sna roisteacha ceoil a bhí ag teacht ó na buíonta, ní thiocfadh léi éisteacht leo níos mó, ná ní thiocfadh léi port ar bith a chluinstin mar a ba cheart mar bhí buíon amháin ag cur isteach ar an cheann eile, bhí an oiread sin díobh ann, agus iad ag teacht go tiubh i ndiaidh a chéile. Agus ní raibh dúil aici níos mó san órshnáithe, ná sna scafógaí, ná sna ribíní. Bhí a fhios aici anois cad chuige ar bhain sí an ribín de Sheoirse an mhaidin sin. Bhí an ribín ag teacht idir í agus Seoirse. Bhí an mórshiúl seo, agus gach rud a bhain leis, na meirgí seo, na sluaite seo, na ceolta seo ag teacht idir an bheirt acu.

Ní raibh i Seoirse ach mar a bheadh cnapán cúir ann a bhí á chartadh ar shiúl uaithi ar bharr tuile, nó leanbh a bhíthear a bhá agus nach raibh sí in ann a tharrtháil. Thiontaigh sí thart. Ba mhian léi imeacht ón áit. Ba mhian léi teitheadh óna raibh ina timpeall. Ach ní bhogfadh duine ar bith a bhí ar a cúl, agus nuair a thug sí iarraidh a bealach a dhéanamh fríothu, labhair bean amháin léi go gairgeach, agus dúirt léi fanacht mar a raibh sí, agus b'éigean di fanacht. B'éigean di seasamh ansin go dtí go ndeachaigh deireadh na bhfear thart, agus olc ag éirí inti dóibh, agus do na mná a choinnigh ansin í ina brá. Agus bhí a fhios ag Máire gur brá a bhí inti ar thalamh choimhthíoch.

Nuair a d'imigh an mórshiúl thart, thoisigh na sluaite a bhí ar na cosáin a scaipeadh go gasta. Shíl Máire ar dtús gur chun an bhaile a rachadh sí, ach chóir a bheith i ngan fhios di féin shiúil sí léi síos go raibh sí i lár na cathrach. Ainneoin nár ith sí bricfeasta ar bith an mhaidin sin ní raibh ocras uirthi, ach dar léi gur mhaith léi cupa tae, agus bhí a fhios aici an áit a bhfaigheadh sí é. Bhí na siopaí agus na caifí uilig i lár na cathrach druidte, ar ndóigh, agus ar an ábhar sin thiontaigh sí suas Sráid an Mhuilinn, agus bhuail isteach i gcaife a bhí foscailte ansin, agus d'ordaigh tae agus cúpla ceapaire.

Nuair a chuaigh sí isteach sa chaife sin bhí a hintinn buartha, ach idir an tae agus an scíste, agus rud inteacht eile, thoisigh sí a fháil faoisimh. Arbh é gáire agus cúirtéis an chailín Iodálaigh a riar di an rud eile sin? Níorbh é, cé gur thaitin an cailín léi. Ach bhí ciúnas agus fionnuaireacht fá chreataí an chaife, agus nuair a lig sí a taca leis an bhalla, bhí áthas uirthi go raibh an balla sin agus ballaí eile idir í agus an tamhach táisc a d'fhág sí ina diaidh, agus mhothaigh sí só ag éirí fá dtaobh di mar bhí a fhios aici nach dtiocfadh an gleo 'fhad léi anseo, agus bhí a fhios aici gur i ndiaidh teitheadh uaidh a bhí sí.

Nuair a d'fhág sí an caife, chuaigh sí ar bord trama. Ag dul suas Bóthar na bhFál a bhí an tram. Ní raibh sí ar an bhóthar seo ón oíche a d'imigh sí as teach Mhic Mathúna. Nár mhór an difear a bhí idir é agus na bóithre eile? Ní raibh brat ar bith le feiceáil anseo, ach ar chorr bhinn tí chonaic sí na focail, 'Suas leis an Phoblacht,' agus 'Cuimhnigh ar Sheachtain na Cásca' scríofa le pic. Ní thiocfadh léi gan ionadh a dhéanamh de na fothracha móra. Bhí foirgneamh mór i Sráid an Mhuilinn féin dóite, ba chuimhin léi monarcha de chineál éigin a bheith ann. Bhí scoil mhór ar thaobh na láimhe clé ina ballóg fosta, agus an leabharlann, agus teach mór leanna. Agus taobh amuigh de na beairicí bhí ballaí de mhálaí gainimh, agus comhlaí iarainn ar na fuinneoga. Bhí an chuma ar an bhóthar go rabhthar i ndiaidh cogadh a throid sa cheantar seo. Tháinig scáth ar Mháire. Ní raibh a fhios aici go raibh an scéal chomh holc seo ar chor ar bith. Ar dhóigh inteacht thoisigh mothú ciontachta a theacht uirthi.

Tháinig sí den tram ag Páirc na bhFál, agus shiúil sí suas fríd a lár go dtáinig sí go dtí leapacha na mbláthanna, agus shuigh sí síos ansin ar shuíochán mar a rinne sí an lá sin fadó, an chéad lá riamh a thug sí cuairt ar an pháirc seo. Bhí sí ina strainséir sa pháirc an lá sin, ach ba strainséartha anois í ná riamh. Na daoine seo a bhí ag spaisteoireacht ina timpeall, ba díobh í, ach bhí sí dealaithe uathu go deo. Níor mhair sí i bhfad ina suí os coinne na mbláthanna. Ní raibh sí ar a suaimhneas. D'éirigh sí, agus ar aghaidh léi suas go barr na páirce. Thit liathróid ar an chosán os a comhair, agus scairt buachaill óg léi, 'caith chugainn an liathróid sin, le do thoil.' Thóg sí an liathróid, agus d'aithin sí gur cnag iomána a bhí ann. Chaith sí an liathróid le hiomlán a nirt ach níor éirigh léi í a chur 'fhad leis. Tháinig sé a rith fána coinne, agus nuair a bhuail sé suas an pháirc í le buille dá chamán thiontaigh sé agus thug buíochas di. Rinne sí gáire leis. Dar léi gur gasúr múinte a bhí ann. Ar dhóigh inteacht thug sé Eoin ina ceann – nuair a bhí sé beag. Thriall sí léi thart fá uachtar na páirce, ach ní dheachaigh sí anonn chuig an chlaí an iarraidh seo. Ag pilleadh anuas di casadh seanduine di ar an chosán, agus labhair sé léi.

'Éist,' ar seisean, 'an gcluineann tú na drumaí móra? Thig liomsa iad a chluinstin, níl moill éistigh ar bith orm in ainneoin m'aoise. Tá siad ag greadadh leo ag an Fhionnachadh.'

Chuir sí cluas le héisteacht uirthi féin.

'An gcluineann tú iad?' ar seisean arís.

'Cluinim,' ar sise, agus chuala sí iad go fíor.

'Gheobhaidh an Pápa bocht léasadh inniu,' ar seisean.

'Gheobhaidh,' ar sise, agus shiúil léi.

Nuair a bhain Seoirse an baile amach an oíche sin, bhí sí ina luí. Ach ní raibh sí ina codladh, cé gur lig sí uirthi gur i dtoirchim suain a bhí sí. Ní thiocfadh léi codladh mar bhí sí ag éisteacht le gleo na ndrumaí móra, ná bhí cuid de na fir amuigh á leadradh go fóill mar a bheadh leisc orthu dul fá chónaí agus deireadh a chur leis an lá. Ba é ba bhéas dóibh na drumaí móra a bhualadh ag pilleadh ón stáisiún dóibh. Sa deireadh thit néal uirthi, ach chliseadh sí suas ó am go ham, agus shíl sí cúpla uair gur mhothaigh sí urchair á scaoileadh. Ach ní raibh sí cinnte mar bhí a hintinn corraithe, agus cuid den am ní thiocfadh léi a rá cé acu ag míogarnaigh nó ina lándúiseacht a bhí sí. Agus go tobann shuigh sí aniar sa leaba, mar ní raibh amhras ar bith uirthi an iarraidh seo gur urchair a bhí sí i ndiaidh a chluinstin, agus gan iad i bhfad ar shiúl uathu. Bhuail scanradh í, agus bhroid sí Seoirse lena huillinn lena mhúscailt.

'A Sheoirse, a Sheoirse,' ar sise, 'múscail, an gcluineann tú na hurchair? Tá siad ag troid.'

Ach bhí Seoirse chomh tuirseach sin nach ndearna sé ach leathfhoscladh ar a shúile agus thit thart arís. Chuala sí cúpla rois eile urchar, sciorr carr síos an bealach mór, chuir páiste sa teach a ba deise dóibh glór caointe as fríd a chodladh, agus ansin tháinig ciúnas na hoíche anuas ar an chathair. Luigh Máire siar arís, agus roimh i bhfad bhí sí ag brionglóidigh fá mhórshiúlta, agus na sluaite daoine ag brú thart uirthi, agus bhí ag breathnú na mílte meirgí sróil, agus ag éisteacht le drumaí agus le feadóga, agus iad uilig suaite fríd a chéile, agus ansin bhí sí ag siúl fríd an pháirc agus ag amharc ar an ghasúr a bhí ag iomáint, agus nuair a dhearc sí ar an ghasúr an dara huair, chan gasúr coimhthíoch a bhí ann ach Eoin, agus nuair a dhearc sí air arís, chan i bPáirc na bhFál a bhí sé ar chor ar bith ach ina sheasamh ag barr an chabhsa sa bhaile, agus ansin thiontaigh sé uaithi a rith síos an cabhsa, agus thoisigh sí a scairtigh air, 'A Eoin, a Eoin,' agus chlis sí suas arís. Ach bhí sé a chóir an lae. Bhí an dorchadas ag crapadh ar an bhalla os a coinne, agus bhí na gealbhain ag toiseacht a shiosarnaigh ar bharr an tí.

Ba lá saoire ag na hoibrithe an lá seo fosta, agus i dtrátha a deich a chlog, tháinig Gilbert isteach chucu. Bhí siad ag caitheamh a mbricfeasta san am. Bhí páipéar na maidine ina láimh leis, agus bhí cuma air go raibh sé tógtha fá scéal inteacht a bhí air.

'Ar chuala sibh fá dtaobh de?' ar seisean, ag síneadh an nuachtáin chuig Seoirse. D'amharc an bheirt acu air, agus 'sé a léigh siad gur scaoileadh urchair ó Bhóthar na bhFál le buíon de dhrumadóirí a bhí amuigh ag bualadh a gcuid drumaí go mall, agus a chuaigh róchóngarach don bhóthar sin. Goineadh beirt de lucht na ndrumaí, fear amháin acu go holc. Mar a dúirt an páipéar, ní thiocfadh a rá go fóill go raibh sé as contúirt.

'Nach iad na diabhail iad?' arsa Gilbert, 'smaoinigh ar Thomaí bhocht Mac Shim. Caidé a dhéanfas a bhean má gheibh sé bás agus an dreibhlín de pháistí beaga atá aici?'

' 'Bhfuil aithne agat air?' arsa Seoirse.

'Nach cinnte go bhfuil? Is ball de chuid an tríú lóiste é.'

'Nach mór an trua go ndeachaigh siad cóngarach do Bhóthar na bhFál ar chor ar bith?'

'Cad chuige nach rachadh?' arsa Gilbert go géar.

Níor labhair Seoirse.

'Agus amharc air seo,' arsa Gilbert, agus leag sé a mhéar ar cholún eile den pháipéar. Bhí tuairisc ansin fá ionsaí a rinneadh ar bheairic i gContae Chorcaí. Dúradh gur maraíodh beirt den gharastún san ionsaí agus gurbh éigean dóibh géilleadh.

' 'bhFeiceann sibh sin? Sin an rud a dúirt mé libh. Má ligtear leis na Sinn Féinithe seo ní fhágfaidh siad aon duine againn sa tír.'

'Tá drochobair ar siúl suas an tír,' arsa Seoirse.

Chuir Máire an citeal ar an ghás leis na soithí a ní.

' 'Bhfuil tú ag teacht amach tamall?' arsa Gilbert le Seoirse.

Nuair a tháinig Seoirse isteach an tráthnóna sin, labhair Máire leis, agus ar sise.

'Bhí mé ag smaoineamh inniu go mb'fhéidir go n-athrófá d'intinn anois fán fheirm.'

'Och, nach raibh muid ag caint fá sin cheana féin?'

'Ach ba mhaith liomsa imeacht as seo, a Sheoirse, nach dtuigeann tú sin? Ba mhaith liom imeacht as seo sula mbíonn sé rómhall.'

'Beidh sé in am go leor nuair a éireos an obair gann.'

'Ní bheidh sé in am go leor,' arsa Máire, 'beidh sé rómhall. Is gairid go raibh sé rómhall, a Sheoirse. Tá an trioblóid seo ag cur isteach orm achan lá. Tá achan rud anseo ag cur isteach orm, agus 'mo chéasadh.'

'Tá an trioblóid seo ag cur isteach orm féin,' arsa Seoirse.

'Rinne mé mo dhícheall, a Sheoirse, rinne mé mo dhícheall, 'bhfuil a fhios agat go ndeachaigh mé ag amharc ar an mhórshiúl inné?'

'Chuaigh tú?'

'Chuaigh.'

'Agus níor thaitin sé leat.'

'Rinne mé mo dhícheall taitneamh a thabhairt dó. Sílim go dtug mé taitneamh dó go dtí go bhfaca mé tusa ann.'

'Agus níor thaitin mise leat?'

'Och, a Sheoirse, cad chuige nach bhféachann tú le mé a thuigbheáil? Chomh luath is a leag mé súil ortsa, thug mé fuath don mhórshiúl mar d'aithin mé ar an bhomaite sin go raibh achan rud a bhain leis ag teacht idir an bheirt againn. A Sheoirse, ba rud coimhthíoch agamsa gach rud ansin.'

'Tá a fhios agamsa sin go maith, a Mháire. Sin an fáth nár luaigh mé an mórshiúl leat, sin an fáth nár iarr mé ort teacht ag amharc air, sin an fáth nach dtug mé isteach brat chun an tí.'

'Tchím, shíl mé nach raibh ann ach go ndearna tú dearmad de. Bean Mhic Róibín a tháinig isteach leis an cheann sin chugam.'

'Agus chroch tú é?'

'Chroch, ar ndóigh. A Sheoirse, mura dtig linn imeacht ar ais chun na tíre anois, thiocfadh linn imeacht as an cheantar seo. Thiocfadh linn teach a fháil, nó seomraí b'fhéidir, i gcearn inteacht eile den chathair.'

' Ní thuigeann tusa ar chor ar bith iad. Dá n-imeoinn as an tsráid seo san am atá i láthair ní ligfeadh siad dom mo chuid oibre a choinneáil cúig bhomaite ina dhiaidh sin.'

'Och! Is dócha nach ligfeadh,' arsa Máire go héadóchasach, agus níor lean sí den chomhrá.

SEACHTAIN INA DHIAIDH SIN bhí siad ina suí ag an tábla ag caitheamh a gcuid tae, nuair a mhothaigh siad an screadach agus an truisneach amuigh. Rith siad amach chuig an doras. Bhí scaifte cruinn thuas ag ceann na sráide, agus ba léir don bheirt acu go raibh truán bocht inteacht á leadradh gan trócaire.

'Tá Gael acu,' arsa Seoirse.

'Tá,' arsa Máire go scáfar, agus mhair siad leath nóiméad ag amharc ar an streachailt, agus ag éisteacht le fuaim ghairg na mbuillí, agus ansin lig Máire scread aisti.

'Diní atá acu,' ar sise. 'Diní atá acu, bí liom go dtabharfaimid tarrtháil air.'

Fuair Seoirse greim sciatháin uirthi.

'Fan san áit a bhfuil tú,' ar seisean, 'muirfidh siad tusa fosta, má theid tú in aice leo.'

Thoisigh sí a thabhairt iarraidh í féin a scaoileadh óna ghreim, bhí a haghaidh chomh bán le haol, agus bhí sí á tachtadh leis an osnaíl.

'Lig dom,' ar sise, 'lig amach mé. Och, Diní bocht! Diní bocht nach ndearna riamh dochar d'aoinne, Diní bocht gealgháireach, an t-aon chara amháin atá againn ar an saol, an t-aon duine amháin a tháinig ar cuairt chugainn riamh!'

'Muirfidh siad tusa chomh maith,' arsa Seoirse arís agus arís eile. Ach bhain sí casadh millteanach as a láimh, agus bhí sí saor. Suas an tsráid léi mar a bheadh rud mire ann.

Nuair a bhain sí barr na sráide amach, bhí a gcuid oibre déanta ag an bhaicle bhithiúnach, agus bhí rud bocht stróicthe stiallta ina luí béal faoi ar an chosán. Chrom Máire anuas agus thiontaigh é.

' A Chríost,' ar sise, agus thit i bhfanntais ina mhullach. Eoin a bhí ann.

Diní Ó hAilpín agus Micí Mac Maoláin a tháinig chuig an otharlann fá choinne an chorpáin. Dúirt siad nach dtiocfadh leis an athair a theacht. Ní raibh sé go maith. Tharraing Diní Máire i leataobh, agus chomhairligh sé di gan dul chun an bhaile chuig an tórramh.

'Tá a fhios agat an dóigh a bhfuil sé,' ar seisean, 'ní ag fáil loicht ar bith ortsa atá mé, a Mháire, tuigeann tú féin sin, ach tá cuid de na daoine sa bhaile an-chorraithe fán scéal bhrónach seo, bhíomar go léir an-gheallmhar ar Eoin –

ba mhinic a d'ól sí é i bhfad ó shin ag teacht ón scoil di ó phumpa Mhic Giolla Easpaig, tháinig bean amach as an teach ar thaobh an bhóthair agus d'amharc go géar uirthi. B'iontach leis an bhean Máire a fheiceáil ansin ina haonar ag an am sin den lá. Níor lig Máire uirthi go dtug sí faoi deara í, agus i ndiaidh di a sáith a ól, shiúil sí léi suas taobh an chnoic. B'éigean di a scíste a dhéanamh anois agus arís, mar b'fhada ó thóg sí cnoc – agus bhí gearranáil uirthi, agus a croí ag bualadh go tréan ina hucht. Ach fá dheireadh bhain sí an mullach amach. D'amharc sí amach uaithi. Bhí gleann an Lagáin ina luí os a comhair, agus cathair Bhéal Feirste spréite amach ag a bhun, muilte, muilte, simléir arda, simléir arda agus iad ag balcadh toite sa spéir, túir teampall ag sáthadh a gceann ina measc thall is abhus mar a bheadh náire orthu bheith ina gcuideachta san, ach bhí ceann acu a raibh cros órga air a bhí, chonacthas di, i ndeas di, agus a bhí ag lonradh sa ghrian. Bhí a fhios ag Máire go mba sin Eaglais Ard Eoghain mar a dtéadh Frainc Mac Mathúna ar faoistin. Ach ba bheag sonrú a chuir sí ann. D'amharc sí amach trasna an ghleanna ar chnoic an Chaisleáin Riabhaigh os a coinne, agus nuair a d'amharc thiontaigh sí thart agus thug aghaidh ar an Dubhais, cnoc ab airde ná an cnoc a raibh sí ina seasamh air, agus a bhí giota maith isteach an sliabh uaithi. Dhreapaigh sí léi gur bhain sí an barr amach, agus ansin d'amharc sí uaithi ó dheas, agus ba léir di ansin na rudaí a ba mhian léi a fheiceáil, na Beanna Boirche. Thuas ansin bhí Eoin á chur. Sheas sí ansin fada buan ag stánadh sa treo sin, ag stánadh ar an áit a dtáinig na beanna gorma agus imeall na spéire le chéile, sheas sí ansin fada buan gan chorraí, mar a bheadh stacán cloiche ann a tógadh sa tseanam. Agus ansin go tobann chaith sí í féin síos ar an fhraoch agus chaoin uisce a cinn. I ndiaidh tamaill d'éirigh sí, agus phill an bealach a tháinig sí ón tram. Chuaigh sí in airde ar an tram, agus ba í

an t-aon duine amháin a chuaigh air ag ceann na líne. Labhair an stiúrthóir léi, mar bhí aithne súl aige uirthi, agus ar seisean, 'ba dheas an lá é le dul amach a spaisteoireacht fán tír.'

'Ba dheas,' a d'fhreagair Máire, cé go raibh a fhios aici gurbh é ba mhaith leis a fhiafraí di caidé a bhí sí a dhéanamh suas an bealach sin ina haonar. Thoisigh daoine eile a theacht ar bord de réir mar a bhí an tram ag druidim isteach chun na cathrach. Ach de réir cosúlachta ní dhearna an stiúrthóir dearmad de Mháire, mar nuair a tháinig siad 'fhad le Sráid Herbert scairt sé amach ainm na sráide. Níor bhog Máire. Scairt sé amach ainm na sráide an dara huair. Níor bhog Máire. Bhain an stiúrthóir tarraingt as an téad, buaileadh an clog, agus ghluais an tram ar aghaidh.